JN107972
リーゼ・キルシュ
キルシュ騎士爵の娘
辺境伯家令息のアレクシスに恋をし、
彼を支え、その背中を守れる
女性になりたいと奮闘する。
アレクシス・フェルマー
辺境伯家令息
穏やかで人当たりのいい性格。
幼いころから親しくしていたリーゼに
特別な思いを寄せる。
やり直し
辺境伯夫人の
幸福な誤算

フランツィスカ
ゲルタ王国の侯爵の娘
プライドの高いお嬢様だが
物分かりがよく、リーゼのことを
肝が据わっていると高く評価。
リヒャルト・キルシュ
キルシュ騎士爵の息子
リーゼの兄で穏やかで
人当たりのいい苦労人。
アレクシスとは幼いころから一緒に育つ。

やり直し
辺境伯夫人の
幸福な誤算
瀬尾優梨
駒田ハチ

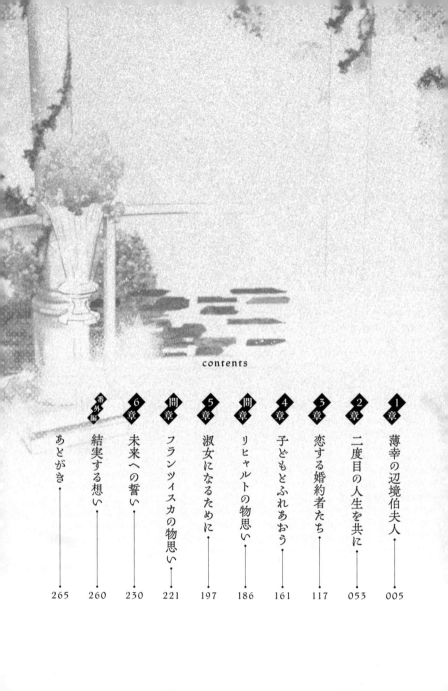

contents

1章　薄幸の辺境伯夫人　005
2章　二度目の人生を共に　053
3章　恋する婚約者たち　117
4章　子どもとふれあおう　161
間章　リヒャルトの物思い　186
5章　淑女になるために　197
間章　フランツィスカの物思い　221
6章　未来への誓い　230
番外編　結実する想い　260
あとがき　265

1章　薄幸の辺境伯夫人

幼い頃から、あの方は私の憧れだった。

日の光を浴びて柔らかく輝く金色の髪に、澄んだ緑色の目。

まるで、物語に出てくる王子様のように……いや、挿絵の王子様なんかよりもずっと美麗なかんばせを持ちながら、騎士として鍛えた体は強靱《きょうじん》で、うっとりするほどたくましい。

この淡い恋が叶《かな》うことなんて、あり得ない。

それでも、少し離れたところからあの方を見つめていられれば私は幸せだと、思っていた。

✦

私——リーゼ・キルシュは、ゲルタ王国リーデルシュタイン辺境伯家に仕える騎士である父の、第二子として生まれた。
私の三つ上の兄であるリヒャルトは辺境伯家の令息であるアレクシス様とほぼ同時期に生まれたため、騎士団長の妻である私の母が乳母に選ばれた。必然的に兄はアレクシス様の乳兄弟《ちきょうだい》になり、そのついでに私もアレクシス様と関わることになった。

物心ついた頃から私の近くにはアレクシス様がいらっしゃって、幼い頃は二人目の兄のように思っていた。

『リーゼ、こっちにおいで』

よたよたと歩く私に向かって、アレクシス様が手を差し伸べてくる。兄とアレクシス様は同じ年だけれどアレクシス様の方が背が高くて体つきもがっしりしていて、私の手を握る手のひらもとても大きかった。

『あっちの木に、鳥が巣を作っているんだ。リーゼも見に行こう』

そう言ってアレクシス様は、私を背負ってくれた。兄なら私を背負おうとしてもふらついて倒れてしまうのに、アレクシス様はしっかりと私を背負って歩いてくれる。

あの頃の私は何も知らなくて、無邪気にアレクシス様に甘えていられた。

『見てごらん。あそこに、鳥が二羽いるだろう？　あれは、つがいらしいんだ』

『つがい？』

『夫婦のことだよ。ああやって巣を作って、子どもを育てるんだ。だからおれたちはひなが元気に育つように、こうやって見守ってあげるんだよ』

アレクシス様が示す先には、細い小枝を組んで作られた小さな鳥の巣と、そこに乗っかる二羽の鳥がいた。お互いに羽繕いをしている様子の二羽はとても仲がよさそうで、私もなんだか嬉《うれ》しくなってきた。

『とりさん、なかよし！』

『ああ、仲がいいのはいいことだな』

『ねえ、アレクシスさま。わたしもアレクシスさまと、ずっとなかよしでいられる？』

アレクシス様の背中を叩《たた》いてそう尋ねる私は、無邪気で無知だった。そんな私より三つ年上のアレクシス様は既にいろいろと物事を知ってらっしゃっただろうけれど、私に穏やかな笑みを向けてくださった。

『ああ、もちろん。おれたちはずっとずっと、仲よしだよ』

『ほんとに？　ずっと？』

『うん、ずっと仲よしでいような』

『うん！』

私が「アレクシスさま、だいすき！」と言うと、「おれもリーゼのことが大好きだよ」と笑顔で言ってくれた。

私は、私に穏やかな笑顔を向けてくれる優しいアレクシス様のことが好きだった。本当に、好きだった。

でもそれなりの年になると、私も立場というものを理解し受け入れなければならなくなった。頭の固い父からは、「おまえは平民にすぎないのだから、アレクシス様にべたべた触れてはならない」と厳しく言われ、母からも「お互いのために、距離はきちんと考えなさい」と優しく言われた。

だから、きちんとわきまえるようにした。

同性の乳兄弟である兄はともかく、幼なじみでしかない私はアレクシス様にむやみに触れてはならない。兄はいずれアレクシス様の側近になれるだろうけれど、私ではアレクシス様の部下にはなれない。幼い頃に約束したような、「ずっと仲よし」でいることはできない。

それでも、私の恋心は静かに育っていった。

子どもの頃よりは距離ができたけれど、アレクシス様はことあるごとに私に「リーゼは可愛《かわい》いな」「きれいだな」と言ってくれる。お出かけから帰ってきたときにはお土産《みやげ》を買ってくれて、こっそり渡してくれる。

特別扱いをしてもらえて、嬉しい。でもアレクシス様はきっと、私のことを乳兄弟の妹とか、幼なじみとか、庇護《ひご》対象くらいにしか思っていないのだろう。そうはわかっていても、私はいくつになってもアレクシス様だけを思って、あの方だけを見つめていた。

母に、「アレクシス様のお側《そば》にいるには、どうすればいいの」と尋ねたことがある。母はかなり悩んだ様子だったけれど、当時私は既に十代前半でそれなりに物事がわかっている年だったからか、やがて教えてくれた。

『あなたがアレクシス様の部下の誰かと結婚すればきっと、末永くお仕えすることができるわ』と。

母の言うことは、正しかった。

もしこれから先もずっとアレクシス様の側にいたいのなら、それなりの理由が必要。よそに嫁げばそれっきりだけれど、アレクシス様の部下に嫁げば騎士の妻としてこれからも辺境伯家の城でお姿を見ることができる。

……そうなると、私はアレクシス様が誰かと結婚して、その子どもを育てる姿を見なければならない。

でも、それでいい。

『リーゼ』

そう優しい声と笑顔で呼んでくれる、あなたの近くにいられるのなら。

あの方が輝く姿を遠くからでも拝見できるならそれでいい、と思っていた。

十八歳の冬までは。

✦

真冬のリーデルシュタイン領は、かなり冷え込む。ほとんどの地域は雪で世界が真っ白に染まり、厚着をしないと外出するのも難しくなる。

この時季は食料の蓄えが減っていくので、備蓄のない者たちが盗賊になって民家を襲うことがしばしば起きていた。リーデルシュタイン領はゲルタ王国の中では貧富の差が小さくて盗賊なども少ない方ではあるけれど、隣国との国境を守っているということもあり、貧しい外国からやってくる賊も少なくない。

そういうことで、アレクシス様や辺境伯様は視察のために地方に出向き、この冬の状況を確認されることになった。それには騎士団長である私の父や手練《てだ》れの騎士たちも多く随行して、騎士爵を持つ騎士団長である父が護衛隊長を務めることになっていた。

私はリーデルシュタイン城で、経理補佐として働いていた。だから同僚たちと一緒に仕事をしながら、アレクシス様たちのご無事を願って待つことになった。

出立の朝、私たちはリーデルシュタイン城の正門前で一行を見送ることになった。あまりにも人数が多くなると困るので、見送りに来てもいいのは随行者の家族などに限られた。だから私と母も、騎士団長の身内として見送りに出ることが許された。

「行ってらっしゃい、あなた」

「……気をつけてね」

「ああ、行ってくる。屋敷のことは頼んだ」

もこもこに着込んだ両親が抱き合って別れを惜しむ傍ら、私はアレクシス様の姿を探していた。私としては頑固で口うるさくてしょっちゅう喧嘩《けんか》ばかりしている父より、憧れのアレクシス様の方が気になっていた。

アレクシス様は辺境伯様の側にいて、地図らしきものを手に打ち合わせをされているようだった。でも、少し離れたところで私が見つめていることに気づいたのか、アレクシス様は私と視線が合うと微笑《ほほえ》み、ちょいちょいと馬車の方を指さした。……あっちにおいで、ということだろう。

どきどきする胸を押さえながらそちらに向かうと、他の騎士や見送りの人たちからは見えない場所に立っていたアレクシス様が私を待っていてくれた。

「お、おはようございます、アレクシス様」

「ああ、おはよう、リーゼ。……ヨナタンの見送りかな?」

「はい。……でも、その、アレクシス様のご無事の方をしっかり願っています」

「ははは。それ、ヨナタンが聞いたらこっそり泣くだろうな」

「何をおっしゃいますか。アレクシス様や辺境伯様のご無事が一番であるのは、当然のことでしょう」

思わずむっとしてしまった。私も十八歳なのだし別に父親大好き娘でもないのだから、親子間の距離はこれくらいであって当然だろう。それに……アレクシス様に無事でいてもらいたいのは、私の本心でもあるし。

私の言葉にアレクシス様は笑みを深くすると手を伸ばし、私が被るフードの上にのっていた粉雪を軽く払ってくださった。

「では君の期待通り、無事に帰ってこなければならないな。君を泣かせたら、ヨナタンもリヒャルトも俺を恨むだろう」

「父も兄もそんなことしませんって」

「どうだろうかな。……まあとにかく、俺たちは大丈夫だから気楽に待っていてくれ。半月もすれば帰ってこられるだろう」

「はい。お待ちしております」

私が厚手のスカートをつまんでお辞儀をすると、アレクシス様は小さく微笑んでからきびすを返した。大柄で剛健な体をお持ちなので、彼の歩いた後の雪には大きな足跡がしっかり残っていた。

アレクシス様の背中を見送り……私はそっと、自分の頭に触れた。

やっぱり、好きだ。私は、アレクシス様のことが……好き。

でももう、子どもの頃のように気軽にふれ合ったりはできない。当たり障りのない会話くらいしか、できない。

それでも、いい。

こうして、わずかな時間をあなたと一緒に過ごせるのなら……私は幸せだから。

アレクシス様たちが出立なさってから、リーデルシュタイン城は静かになった。それはもちろん悪い意味での静かさで、人気者の辺境伯様やアレクシス様がいらっしゃらないからか、皆も寂しくてつまらなそうだ。

彼らが帰ってくるまでの半月が、長く感じられる。私も仕事中、ふと手を止めて白くけぶる窓の外を眺めて……皆の無事を願っていた。

✦

……雪の降る夜中。私はいきなり、母に叩き起こされた。

「起きなさい、リーゼ！　非常事態なの！」

「……何かあったの？」

自邸でのろのろと身仕度を整えながら尋ねるけれど、青白い顔の母は何も言わない。でも……嫌な予感はしていた。

本当なら今日のうちに、アレクシス様たちがお帰りになる予定だった。でも予想以上に雪が深くて、馬車道の除雪作業に手こずっている、という知らせが入ったのが夕方のこと。

……アレクシス様や父たちに、何か起きたのではないか。

予想はしたけれど無言を貫く母に急《せ》かされて毛皮のコートを着て、リーデルシュタイン城に急ぐ。

「……よく聞きなさい、リーゼ」

道中はどちらも無言だったけれど、あと少しで城の正面玄関、というところでついに母が口を開いた。

「遠征先で……辺境伯様たちが、事故に遭われたの」

――どくん、と心臓が不安と恐怖を訴える。

事故――？　皆が、事故に遭った……⁉

「事故って……？」

「……賊の襲撃を受けたそうなの」

母はこちらを見ず、真っ白な横顔だけを私に見せたままで言った。

――母が言うに。

遠征からの帰路にある森の中の馬車道が雪に埋もれており、一行は馬車を停《と》めて除雪作業をしていたそうだ。先頭の馬車に辺境伯様が、そして次の馬車にアレクシス様が乗っていて、騎士たちが雪かきをしていた。

……そこに、賊が現れた。

除雪作業中だったので、騎士たちが持っているのは剣ではなくてスコップ。雪の深い足下では踏ん張ることも、走ることもできない。

あっという間に騎士たちは倒され、先頭の馬車に乗っていた辺境伯様も襲撃された。ほぼ同時に二つ目の馬車も襲われて――

「……お父様は、アレクシス様を守って……お亡くなりに、なったの……！」

母の言葉は最後の方は嗚咽《おえつ》になってしまい、声にならなかった。

私は呆然《ぼうぜん》と、うずくまって慟哭《どうこく》する母を見つめていた。体の中が空っぽになって、冷たい雪が詰め込まれているかのように体が重く、冷たい。

父が。あの、頑固で説教ばかりで口うるさくて……でも誰よりも強くて凛々《りり》しかった父が、死んだ。アレクシス様を守って、死んだ。

もう、「おい、リーゼ！」と呼んでもらえることは、ない。「おまえは馬鹿か！」と罵られることも……ない。

「……そん、な……」

「お父様だけじゃないわ。辺境伯様も、ほとんどの騎士たちも……」

「……」

私が震える手でポシェットからハンカチを出し、母に握らせたところで馬車が停まった。

目の前には、夜中でも煌々《こうこう》と明かりの灯《とも》るリーデルシュタイン城が。

使用人たちに支えられて玄関ホールに向かった私たちを待っていたのは、見るも無惨な光景だった。

よく磨かれた白い大理石の床は、赤黒く染まっている。そこに並べられているのは、血まみれになって横たわる遺骸の数々。彼らを取り囲むのは、リーデルシュタイン城で働く人々。あちこちから、悲鳴や絶叫が聞こえてくる。

父の遺骸は、辺境伯様の隣にあった。母の手縫いのマントが真っ赤に染まっていて、両目が恐怖で見開かれている。

「父さ――」

「あなたぁっ！」

私の小さな声をかき消して母が父のもとへ走り、その遺骸に抱きついた。周りの者が、おやめください、と止めようとしても振り払い、あなた、あなた、と壊れたおもちゃのように泣き叫んでいる。

嘘《うそ》だ、嘘だ、と心の中でいくら叫んでも、目をこすり頬を叩いても、目の前の光景は変わらない。

父は、リーデルシュタイン騎士団の誇る最強の騎士だった。辺境伯様だって、国境を守る名誉を授かった貴族として、父と一緒に鍛錬を積んでいらっしゃった。騎士たちも勇猛果敢な人ばかりだったのに。

多くの遺体が並ぶ中――私は、彼らの側に立つアレクシス様のお姿を見つけた。アレクシス様の衣服は血と雪解けの水で濡《ぬ》れそぼっていて、柔らかな金色の髪もぐっしょり湿り前髪の先から薄赤色のしずくが垂れている。

城の人間たちが慌ただしく行き来する中、アレクシス様は呆然とその場に立っていた。

目を見開いて、足下に横たわる亡骸たちを見つめるそのお顔からは、一切の表情が窺《うかが》えない。

本当なら、幼なじみというだけの私がアレクシス様に声をかけるなんて、とんでもない。

でも、今のアレクシス様を放っておけなくて、私は彼のもとに向かった。

「アレクシス様……」

「……リー、ゼ」

ゆっくりと顔を上げたアレクシス様が、光の失《う》せた緑色の目で私を見てくる。

私が恋い慕っている人が、うちひしがれている。彼が被っている赤と黒は……きっと、父たちの血だ。

父たちは、賊に襲われて死んだ。

でも、アレクシス様は生きてらっしゃる。

「アレクシス様には、お怪我《けが》はございませんか？　ご無事ですか……？」

歩み寄って、手を伸ばす。

父が身を挺《てい》してお守りしたとのことだから、せめてアレクシス様のお体には傷一つついてほしくない。アレクシス様がご無事なら、父もきっと浮かばれるはず。

そんな気持ちで伸ばした手だけれど……はっと目を見開いたアレクシス様が、私の手をパンッと叩き落とした。

その音は、存外大きく響いた。玄関ホールを走り回っていた使用人たちも一斉に動きを止めて、怖々とこちらを見てくるのがわかる。

「……アレクシス様……？」

「……」

手を叩かれた私は呆然として、アレクシス様の名をお呼びする。でも彼は何も言わずに私に背を向けて、歩き出した。

彼の歩いた後のタイル床には、薄赤色の足跡が点々と続いていた。

✦

すぐに辺境伯様たちの葬儀が執り行われて、辺境伯家の跡継ぎであるアレクシス様がリーデルシュタイン辺境伯に就任された。

葬儀の間は魂の抜け殻のようにぼんやりとしていたアレクシス様だけど、爵位を継ぐなり行動に移った。

彼がまず行ったのは——辺境伯様ご一行を狙った者たちの、追跡。

一行は視界の悪い雪降る夕暮れ時に森の小道を行軍していて、背後から急襲を受けたとのことだ。でも、生き残った騎士は、「盗賊にしては妙でした」と言っていた。

「ならず者の集まり……にしては、動きが洗練されていました。それに、やつらは辺境伯様とアレクシス様がお乗りになる馬車のみに襲いかかってきたのです」

一行は、馬車四台とその周囲を守る騎兵で構成されていた。前方二台には人間が乗っているけれど、後方の二台には荷物が載っていた。

盗賊の目からだと、その四台のどれに重要人物が乗っており、どれに金目のものが積まれているのかわからない。それなのに賊は後方二台には目もくれず、辺境伯様とアレクシス様の馬車を狙ってきたという。

さらに、賊たちは雪の中でも身軽に動き回っていたという。幸い、通りがかった商人が駆けつけてきたため賊たちが逃げ、アレクシス様だけは助かったけれど……そうでなければ全滅必至だっただろう、と騎士は青い顔で語った。

……確かに、それはおかしい。それじゃあまるで——最初から辺境伯様とアレクシス様だけをピンポイントで狙っていたかのようだ。

食糧難になってやむなく一行を襲撃した賊なら、人の命ではなくて金品などの物資のある馬車を狙うはず。これは……最初から辺境伯家のお二人を狙った犯行なのではないか。

アレクシス様も、同じ考えに至ったのだろう。彼は騎士団を率いて出陣して、一か月もしない間に全てを終わらせて帰還なさった。

襲撃者たちは、リーデルシュタイン辺境伯領の南端にある森にアジトを構えていた。襲撃してきたのは盗賊上がりの連中で、彼らを締めた結果浮上した主犯は——アレクシス様の従叔父にあたる、デュルファー男爵だった。

男爵は領地を持たない貴族で、亡くなった前辺境伯様とは祖父母を同じくしている。どうやら前々から虎視眈々《たんたん》と辺境伯の座を狙っていたようで、前辺境伯様とアレクシス様を殺して辺境伯の座を自分の一族に継がせようとしたようだ。

——アレクシス様はアジトを壊滅させて、男爵一族を皆殺しにして帰ってこられた。私は見ていないけれど——出迎えた騎士曰《いわ》く、血まみれで帰城したアレクシス様はたが外れたかのように笑っており、男爵の頭部を小脇に抱えていたという。

アレクシス様は、復讐《ふくしゅう》を果たした。男爵には咎《とが》があったので、貴族が貴族を殺したとしてもアレクシス様は罪に問われず、それだけは私たちもほっとした。

——でも、弊害もあった。

「アレクシス様の婚約者候補は全員、お話をなかったことに……と言ってきたそうよ」

「……それも仕方のない話よね」

仕事の休憩時間に、私は経理部の休憩室で同僚たちと話をしていた。今話題に上っているのは、アレクシス様の花嫁候補について。

アレクシス様は、御年二十一歳。見目麗しく騎士としても優秀で、心優しくて誰に対しても気さくな、素敵な貴公子。そんな彼と結婚できれば、リーデルシュタイン辺境伯夫人になれる。

そういうことで、アレクシス様の妻になりたいと願う令嬢は数多くいた。しょっちゅう見合い書が送られてくるので、アレクシス様も頭を悩ませている……と、人づてに聞いたことがある。

でも今、彼のもとに見合い書を送る令嬢は一人もいない。なぜなら今のアレクシス様はもう、かつてのような明るい爽やかな貴公子ではなくなっていたからだ。

血にまみれた、復讐の鬼。父親の仇《かたき》を取ってもなお、デスクワークを家臣に丸投げして辺境での賊との戦いに身を投じるアレクシス様と添い遂げようという女性は、いなかった。

「それでも自分の娘を辺境伯夫人に……という貴族はいるみたい。でも令嬢の方は断固拒否して、アレクシス様のもとに嫁ぐくらいなら……と首吊《つ》り自殺未遂を起こした方もいらっしゃるそうよ」

「そんなになの……」

「でも、おびえるのも仕方ないわ。私だって……今のアレクシス様には近寄りがたいと思うもの」

そう語る同僚たちは皆、暗い顔をしている。これまでずっとアレクシス様を見てきた彼女らでさえ今のアレクシス様のことを怖いと思うのだから、王都で蝶《ちょう》よ花よと愛《め》でられて育った深窓の令嬢たちでは、今のアレクシス様を直視することもできないだろう。

私は黙って紅茶を飲んでいたけれど……ふいに、名前を呼ばれた。

「リーゼは……どうなの？」

「どう、って……？」

「アレクシス様のこと。……あなた、アレクシス様のことが好きだったのよね……？」

同僚に問われて、私は言葉に詰まった。

私がアレクシス様に片思いしていることを、今この場にいる仲間たちは知っている。知っているからこれまでにもひそかに休憩時間の融通をして、鍛錬するアレクシス様と私がさりげなくすれ違ったり窓からお姿が見られたりするようにしてくれていた。

私は、アレクシス様のことをどう思うのか。

そう問われたら……。

「……アレクシス様は、アレクシス様よ」

「リーゼ……」

「あの方は、ずっと私の憧れの人。今は、少しお心が落ち着かない時期なのだろうけれど……それでも、何も変わらないわ」

そう、何も変わっていない。

血走った目をするようになっても、誰かの血にまみれた剣を持っていても、あの方がアレクシス様であることに変わりはない。

私は幼なじみとして、家臣として、あの方に仕え尽くすだけだ。

……そのときの私は、知らなかったけれど。

どうやらこのときの私の言葉を、同僚の誰かが父親に相談したらしい。そこから話が伝わっていって……私は、辺境伯家の重鎮たちに呼び出された。


仕事着のままでリーデルシュタイン城の大応接間に向かった私を、重鎮たちが出迎えた。

「ようこそ、リーゼ様」

「こちらへおかけください」

重鎮たちに言われて、私は震えそうになった。

今日、なんのためにここに呼ばれたのかは、教えられていない。でも最初から嫌な予感はしていたし……いつもなら私のことを「リーゼ」と呼ぶ皆が——私よりずっと年上でずっと偉い人たちが私ごときに対してかしこまっているこの状況を前に、緊張するなと言われる方が無理だ。

がちがちになりながら私がソファに座ると、先々代から辺境伯家に仕えている重鎮が正面に座り、話し始めた。

——曰く、アレクシス様の妻になってくれる令嬢がどこにもいないと。王国貴族の令嬢たちに相談しても皆、アレクシス・フェルマーの名を出されるだけでおびえ震え泣き叫び、中には「殺される！」と悲鳴を上げる者や卒倒する者までいたとか。

かといって、平民の娘をあてがうのは難しい。彼の妻になってもらうには、最低限の身分や教養が必要で——なおかつ、今のアレクシス様相手でもおびえずにいられる女性でなければならない。

——そうして、アレクシス様の幼なじみであり亡き騎士団長の娘でもある私に、白羽の矢が立った。

「このままでは、辺境伯家が断絶してしまいます」

「ゲルタ王国東の国境を守る辺境伯家の跡継ぎがいなくなることは、王国の砦《とりで》が一つ失われるも同然。なんとしてでも避けなければなりませぬ」

「リーゼ様は、アレクシス様の幼なじみでしょう。あなたなら、アレクシス様に寄り添うことができるはず」

「どうか……辺境伯領の未来のため、アレクシス様のもとに嫁いでください。そして、次期辺境伯となる男児を産んでください」

そう言って、皆はひれ伏した。私のような小娘ごときに頭を下げるだけでもとんでもないことなのに、平伏さえしてきた。

それくらい、彼らは困っている。なんとしてでも私を説き伏せなければ、と必死になっている。

――どく、どく、と心臓がめちゃくちゃな速度で鳴っている。

私は、私は……どうするべき?

今のアレクシス様は、確かに恐ろしい。私が声をかけても返事をなさらないし、視線も合わせてくださらない。血にまみれた服で平気で歩いているし、敵を殺す際にはわざといたぶるように惨殺していると聞く。

でも……微《かす》かな期待が、胸にあった。

アレクシス様がどんな姿になろうと、あの方は私の永遠の憧れ、初恋の人。

どんな形であれ、あの方と添い遂げることができるのなら。妻として、隣に立つことができるのなら。

――幼い頃からの夢を、叶えられるのなら。

「……わかりました。お役目、引き受けます」

私は、そう答えていた。

私がアレクシス様のもとに嫁ぐと知らせると、母は泣いて私を止めようとした。それでも私が意志を変えないと知るとすぐに、兄を呼び寄せた。

兄は数年前から王国騎士団で働いていて、既に結婚して子どももいた。そんな中で駆けつけてきた兄も私の肩を摑《つか》んで、「早まるな」「リーゼが一人で背負う必要はない」と説き伏せてきた。

……でも、そうじゃない。そうじゃないの。

私は、早まったわけじゃない。私が一人でこの辺境伯領の未来を背負おうとしているわけでもない。私は、そんな立派な人間じゃない。

私はただ、自分の欲望に従っただけ。他の誰でもない、私がアレクシス様の花嫁になるために、うなずいただけ。私の初恋を、叶えるため。

だから兄の言葉も母の訴えも、私の胸には響かなかった。なおも説得しようとする家族を振り切り、私はリーデルシュタイン城へ向かった。

城では、沈痛な面持ちの重鎮たちが私を待っていた。

「リーゼ様。ご家族の同意は得られましたか？」

「……いいえ」

「……そうですか」

「しかし、私本人が決めたことです。ですから……これから、ご挨拶に伺います」

きちんと背筋を伸ばして言ったつもりだけれど、声は震えていた。

私は重鎮たちに連れられて、アレクシス様の部屋を訪問した。かつてはきちんと整えられていたそこは、荒れ果てていた。アレクシス様が散らかした部屋をわざわざ片付けようとする勇気と根性のある者は、いなかったのだ。

「アレクシス様、お話がございます」

「去れ」

「いいえ、大切なお話なのです。……あなたの結婚相手が決まりました」

重鎮の中でも年かさの者がそう言うと、それまではこちらに背を向けたままだったアレクシス様がさっと振り返った。

……久しぶりに、あの緑色の目を見た。でも、かつては快活に輝いていたその双眸《そうぼう》は光を失い濁っていて、私を見るとぎらつくように眼差しをきつくした。

そんな目つきでも、見つめられて嬉しいと思ってしまう私は……感覚や感情が麻痺《まひ》してしまっているのかもしれない。

「……誰だ」

「こちらにいらっしゃる、リーゼ様です」

重鎮の言葉に、いよいよアレクシス様の全身から怒気があふれたのがわかった。私の隣に立つ重鎮は両手を震わせているし、背後では「ひいっ！」と誰かが叫ぶ声さえ聞こえてきた。

「……俺が、リーゼと結婚……だと？」

「はい。リーゼ様もご了承なさいました」

「……。……他の候補は？」

「前にも申しましたように、全員辞退なさって……」

「……」

アレクシス様はしばらくじっと私を見た後に、ちっ、と大きな舌打ちをして再び私たちに背を向けた。

「……仕方がない。婚儀の準備を進めろ」

「はい、すぐに」

「……あ、あの、アレクシス様。私、あなたを支えられる、よい妻になります！」

私は一歩進み出て、アレクシス様の背中に向かって言った。

今のアレクシス様は、心が深く傷ついている。そんな彼に下手《へた》な声かけはできないけれど……せめて私の気持ちだけは、伝えたかった。

私は無理矢理あなたのもとに嫁ぐのではなくて、私から望んであなたの妻になるのだ、と。

「私、嬉しいのです！　あなたの妻になれて……だから――」

「黙れ」

「……」

低く唸《うな》るような声で言われ、心臓をぎゅっと摑まれたかのように体が苦しくなる。

言葉を失い固まった私を見ることなく、アレクシス様は言う。

「……下がれ」

「アレクシ――」

「下がれ！」

いよいよひび割れ声で怒鳴られ、重鎮たちにも腕を引かれ背中を押された私はふらふらしながらドアの方に向かった。

生まれて初めてアレクシス様に怒鳴られて、ショックだった。でも、

「……リーゼとだけは、結婚したくなかった」

部屋を出る直前に聞こえてきた小さなつぶやき声の方が何よりも、私の胸をぐちゃぐちゃに抉《えぐ》ってきた。

✦

普通、貴族の結婚にはいろいろな準備やしきたりがあり、特に高位貴族となると婚約してから結婚するまで二年近くかかってもおかしくないそうだ。

でも善は急げということなのか、私たちは辺境伯の結婚にしては異例の速さで準備を進め――冬の終わりに婚約して春の盛りを迎えるよりも前に、結婚式を挙げることになった。

結婚するには最低限宣誓書さえ書けばいいので、式を挙げることには賛否両論あった。でも母や兄が「せめて花嫁姿を見せてほしい」と言ったし、私も花嫁衣装への憧れがあった。

周りの皆も、せめて花嫁の願いは叶えてあげたいと思ってくれたようで、規模は大きくないけれど結婚式の準備をしてくれたし、私用の立派なウェディングドレスも作ってもらえた。

でも当日、式場にアレクシス様は現れなかった。重鎮曰く、渋々ながら正装には着替えたけれど頑として部屋から出てこなかったそうだ。

花婿が現れないまま、式は始まった。私は祭壇の前にぽつんと一人で立ち、必死に笑顔を取り繕う司祭の説教を聞く。そして私がサインをした宣誓書を重鎮の一人が持って出ていき、かなり経《た》ってから式場に戻ってきた。疲労のためかふらふらになった彼が持っている宣誓書には、私の名前の横に乱雑な字でアレクシス様の名が書かれていた。

かくして私は、リーデルシュタイン辺境伯夫人になった。

✦

結婚生活は、予想通りではあるけれど冷え切っていた。

初夜にアレクシス様の部屋に行っても、ドアを開けてもらえなかった。可愛らしい寝間着姿の私はそのまま私用の部屋に向かい、一人で寝た。

翌日になってもアレクシス様は出てこなくて――かと思ったら私が朝風呂に入っている間に城を出ていっていた。騎士曰く、周りの反対を押し切って山賊退治に行ってしまったそうだ。

メイドの中には、「いくらなんでも、新婚すぐにいなくなるなんて……！」と憤慨する者もいたけれど、滅多なことを言うものではないと叱った。今のアレクシス様は誰のことも信頼していない状態なので、うかつなことを言えばこのメイドがクビになるかもしれない。

「アレクシス様は、山賊被害で悩む領民を助けに行かれたのよ。前から嘆願書が届いていたそうだからね」

「でも、だからといって今すぐ出なくても……」

「いいえ、善は急ぐべきでしょう？　……大丈夫。お帰りになったときにお迎えするわ」

不安そうな顔をするメイドに、私はそう言った。

私はもう辺境伯夫人だから、経理補佐の仕事も辞めている。私がするべきなのは計算とか書類書きではなくて、夫を支えること。

だからアレクシス様のお帰りの日……騎士たちは止めてきたけれど、私は皆に無理を言ってアレクシス様のお帰りを玄関で待つことにした。アレクシス様はお金だけを執事にどんと押しつけてきたそうなので、そのお金でドレスを買って身だしなみを整えた。

皆がそわそわする中、城の玄関扉が開かれる。そして――私の周りにいたメイドたちが、悲鳴を上げた。

玄関前には、アレクシス様がいた。でもそのジャケットもスラックスも、血と泥にまみれていた。彼が右手に持つずだ袋も血に濡れていて……中に何が入っているのか、考えたくもない。

アレクシス様のうつろな緑色の目が、私に向けられた。だから私は震えそうになる体にむち打ってせいいっぱい微笑んで、淑女のお辞儀をした。

「おかえりなさいませ、アレクシス様。お戻りをお待ちしておりました」

「……」

「お疲れでしょう。お湯の準備をさせておりますので、すぐにお召し替えを――」

――す、と私の横をものも言わないアレクシス様が通り過ぎていった。その風に乗って血のような腐った何かのような臭いがして、えずきそうになった。

私は、振り返った。メイドたちが真っ青な顔で震える中、アレクシス様はずんずん歩いて去っていってしまった。

やっとアレクシス様が帰ってこられたけれど、その姿は血にまみれているし賊の遺骸を手土産に持って帰るしで、城は大混乱になった。あの変な臭いは、とんでもないお土産が原因だったようだ。

若いメイドの数名は倒れたり吐いたりしたし、騎士たちも辺境伯の壮絶な姿に真っ青になっていた。アレクシス様の歩いた後の床は血の染みになっていて、夜になった今もなかなか汚れが落ちずに掃除メイドが苦労しているとか。

「……きっとアレクシス様は、戦帰りでお疲れなのよ。明日になったらお話ができると思うわ」

「……無理はなさらないでくださいね、奥様」

寝る仕度を調えているときにメイドが髪をときながら言ったので、私は微笑んで振り返った。

「あら、無理なんてしていないわ。今日のことも……少し驚いたけれど、私はこれでも少しは剣術をかじっているから、覚悟はできているわ」

「何をおっしゃいますか！　奥様は護身のために剣を習われただけでしょう？」

メイドはブラシを片付けながら、困ったように言っている。

リーデルシュタイン騎士団は女性を受け入れていないけれど、城で働く女性たちが護身や運動のために剣を習うことは許されていた。私は騎士団長の娘だったし、兄がアレクシス様と一緒に稽古をしていたこともあり、子どもの頃から剣術を習っていた。

……もちろんメイドの言うように、あくまでも護身程度。人を斬ったことはない。

でも、負傷した騎士の手当てをしたことはしょっちゅうあるし、戦争の話は父からもよく聞かされていた。だから、今日見かけたアレクシス様のお姿に驚きはしたけれど、「これが戦いなのか」と考えるとかなり冷静になれた。

「アレクシス様はこれからも戦場に行かれるだろうから、私は辺境伯夫人としてアレクシス様をお迎えしないといけないわ。私がいちいち悲鳴を上げたりしていたら、アレクシス様もお困りになってしまうわ」

「……でも今日は、その……声をかけてもらえなかったのでしょう？」

「ええ、でもきっといつか、お声をかけてくださるわ」

……その言葉はメイドに向けて言っているけれど、自分自身を励ますためでもある。きっと大丈夫だから、アレクシス様を信じていこう、と。

メイドはなおも難しい顔で私の髪に香油を塗ってくれていたけれど……にわかにリビングの方が騒がしくなった。そちらで部屋の片付けや明日の準備をしてくれているはずのメイドたちの小さな悲鳴が聞こえてきて、私は椅子から立ち上がった。

「何……？」

「あたしが見てきます。奥様はここで……ひゃぁっ⁉」

メイドの声は途中で、ひっくり返ったような悲鳴に変わった。なぜなら——私たちのいる寝室のドアが外から開かれ、しかもそこにアレクシス様が立っていたからだった。

リビングにいたメイドたちを押しのけてきたらしいアレクシス様は、簡素なシャツとスラックス姿だった。目は相変わらずうつろで、顔から感情を読み取ることはできない。少し肌の色が悪いので、あまり眠れていないのかもしれない。

「ア、アレクシス様？　どうかなさいまし——」

「……出ていけ」

「えっ？」

「そこの、おまえ。出ていけ」

アレクシス様が指さした先にいるのは、私の後ろでひっくり返るメイド。彼女は「ぴえっ⁉」と悲鳴を上げたけれど意に介さず、アレクシス様はずかずか寝室に入ってくると私の腕を引っ張って立たせ、ベッドの方に引きずって押し倒してきた。

「え、やっ……！　アレクシス様⁉」

「お、奥様……！」

「出ていけ！　俺が出ていくまで、何人たりとも入ってくるな！」

私のもとに駆けてこようとしたメイドは咆哮《ほうこう》のような怒鳴り声に、いよいよ涙をこぼしてしまった。

……いけない、と私の頭の中で警鐘が鳴る。

今この状況で、「どうしてアレクシス様は、私をベッドに押し倒しているのかしら?」と思えるほど私は鈍感ではない。そして、この命令に背いてあのメイドがどうなるかの想像も容易についた。

「行きなさい！　ドアを閉めて皆、リビングからも出ていって！」

ベッドに押さえつけられた私が叫ぶと、メイドはぼろぼろ涙をこぼしながらうなずき、寝室から出ていってドアも閉めた。

……ひとまず、メイドたちを追い払うことはできた。

は、と私は安堵《あんど》の息を吐き出したけれど――いきなりアレクシス様の右手が私の寝間着の胸元を摑んで引き裂いたため、ため息は途中で悲鳴に変わった。

「アレクシス様……！」

「黙れ。……その顔を、見せるな」

「待って、待ってください！　私、あなたのことを――」

「黙れ！」

至近距離で怒鳴られ、私は息を呑《の》んだ。

私を見下ろすアレクシス様の緑色の目が、震えている。唇をかみしめて、悔しそうな顔で――こんなひどいことをしているというのに、どこか寂しそうで。

「アレ――ひっ⁉」

名前を呼ぼうとしたけれど、目の前が暗くなったため息を呑んだ。アレクシス様は、引き裂いた私の寝間着で私の目を塞いでしまったようだ。

「待って、やだ、アレクシス様！」

「……すぐ、終わらせる。じっとしていろ」

「アレクシ――」

私の声は、途中から悲鳴に変わり――そうして、私はアレクシス様と結ばれた。

その間、私は愛の言葉はおろか、名前すら一度も呼んでもらえなかった。目隠しをされているためアレクシス様の顔を見ることも叶わず、抱きしめられることもなく、ただただ乱暴に扱われた。

力尽きた私がベッドに沈んでいると、アレクシス様が去っていく気配がした。体を動かすことも声を上げることもできずにぐったりとしていると、慌ただしい足音とドアが開かれる音がした。

「奥様……あ、あああああ！」

「リ、リーゼ様ぁ！」

「なんて、ひどい……！」

駆けつけてきたメイドたちの目に映る私の姿は、相当な有様だったようだ。すぐに目隠しが外されたので、私を見下ろすメイドたちの悲痛な表情が視界に入ってきた。

「奥様、しっかりなさってください！」

「こんなの……あんまりです！」

「……皆、私は大丈夫よ」

憤るメイドたちに、私はできる限りの笑顔で呼びかけた。体中が痛くて、ずっと泣き叫んでいたから喉が痛くて声も嗄《か》れているけれど……ここで泣いたりしたら皆を困らせてしまうだろう。

私の体を蒸しタオルで拭いてくれていたメイドの手をぎゅっと握り、私は微笑んだ。

「私ね、幸せなの。ずっと好きだった旦那様に抱いてもらえて……幸せなのよ」

「そんな……！」

「だから、いいの。……体、拭いてくれてありがとう。今日はもう寝たいわ」

「……は、はい！　すぐにベッドの準備をします！」

メイドたちはぐちゃぐちゃになったベッドを整え、私にレモン水を飲ませ、できる限り体を清めてからシーツの上に寝かせてくれた。

一人きりになった暗い寝室の天井を見上げながら、私は思う。

アレクシス様は、私のことが好きではない。他に候補がいないから、好きでもない女を娶《めと》るしかなかった。

そうだとしても、さっきの行為はあまりにも暴力的でひどいものだった。……それでも、私は構わない。

私の夢は、アレクシス様の側にいること。あの方を見守っていること。

それが叶っただけでなくて……抱いてもらえた。私のこの体を、アレクシス様だけに捧げることができる。

……こんなの、歪《ゆが》んだ愛なのかもしれない。城の皆は「今のアレクシス様はおかしい」と言うけれど……案外、おかしくなっているのは私の方なのかもしれない。

でも、いい。これでいい。

私は十分……幸せなのだから。

✦

それからというもの、アレクシス様はたびたび私の寝室を訪れるようになった。アレクシス様も、後継者に関してはなんとかしなければならないと思っているのかもしれない。寝室を訪れるたびに義務のように私を抱いて、用が済んだらベッドに伏せる私を残してさっさと出ていった。

頻度としては、四日に一度くらい。ふらっと賊の討伐に行ったときには何日も間が空くけれど、たいていは帰還してきた日の夜に寝室に押しかけてくる。

　幸い私は体が頑丈な方なので、アレクシス様に乱雑に扱われても一日休めばなんとか回復した。アレクシス様が私をどのように扱っているか知っているメイドたちはいつも泣きそうな顔になっていたし、私がアレクシス様に無理矢理抱かれているというのは城内でも有名な話になっているようだった。

　だから重鎮たちは最初こそ、「リーゼ様には、落ち着いた環境で過ごしていただくだけで十分です」と言ってきた。でも辺境伯がほぼ不在の状態で仕事を回すのは苦しいものがあったようだし、私本人からも仕事をしたいと願い出たため、やがて辺境伯の仕事をアレクシス様の代わりに任せてもらえるようになった。

　私は元々経理補佐として仕事をしていたから、契約書の書き方や出納帳の見方などは一通り知っていたし、両親からリーデルシュタイン領の知識も教わっていた。だからこれまでのスキルを生かして、アレクシス様の代理としていろいろ調べものをしたり領地の視察に出向いたりした。

　……視察の一環として、父や前辺境伯様が亡くなる原因となったアジトにも出向いた。でもアレクシス様が派手に破壊した後のそこにはほぼ何も残っていなくて、代わりに聞き取り調査や土地の調査を行って、なるべく細かいデータをまとめたりもした。

それでも、アレクシス様の私に対する扱いは変わらなかった。

ある夜もいつものように無理矢理押さえつけられながら抱かれ、私はベッドに伸びていた。でもいつもならさっさと服を着て出ていくアレクシス様が珍しく、私の横にどさっと倒れ込んだ。今日は遠征から帰ってくるなり私を抱き潰したから、きっとかなりお疲れだったのだろう。

私はそっと手を伸ばし、アレクシス様の髪に触れた。それはかさかさに乾いているし、よく見ると金髪に白いものが混じっていた。伏せられたまぶたの周りはうっすら落ちくぼんでいて……アレクシス様が心身ともに弱っていることがわかり、胸が苦しくなってきた。

そっと髪を撫《な》でていると、アレクシス様が小さく唸った。起こしてしまったか、と焦って手を止めたけれど彼は目を閉ざしたままひび割れた唇を開き、微かな声を上げた。

「……すまない」

「アレクシス様……？」

「俺の、せいだ……俺が、皆を……」

すん、と小さく鼻を鳴らす音さえ聞こえ、私の目尻を熱いものが伝っていった。

アレクシス様は、冬の襲撃事件で皆が死んだのを自分のせいだと思っている。特に、私の父はアレクシス様をかばって死んだそうだから……自分さえいなければあんなに死者は出なかったのに、と思っているのだろう。

でも、そうじゃない。そんなことはない。

悪いのは、辺境伯位の簒奪《さんだつ》を狙ったデュルファー男爵。その男爵ももういないのだから、アレクシス様が思い悩むことではないのに。

「……アレクシス様」

おもむろに腕を伸ばしてアレクシス様の頭をそっと、胸に抱き寄せる。しばらくするとアレクシス様の手が私の背中に回り、縋《すが》るように抱きつかれた。

アレクシス様に縋られて……頼ってもらえたと解釈した私の胸から、じわじわと歓喜がこみ上げてくる。きっと、目が覚めたらいつものように冷たく突き放されるのだろうけれど……今だけでも、アレクシス様に自分のぬくもりを与えたかった。

私は、お心を弱らせたアレクシス様の力になりたい。彼の代わりに内政を行い、負担を軽減したいし……もちろん、彼の血を継ぐ子どもも産みたい。もし、私を抱く時間だけでもアレクシス様が罪の意識を忘れられるのなら……喜んでこの身を差し出したい。

私がどんなに努力をしても、アレクシス様が私を見ることはなかったし、私があの美しい緑色の目を見ることも許してもらえなかった。でも私は自ら望んで、今の状況に流されていた。

きっとこれが最善の道なのだろう、と信じて。

✦

——結婚して一年ほど経ったとき。私の妊娠が判明した。

私は誤診でないことを何度も確かめてから、お医者様に書いてもらった診断書を手にアレクシス様のもとに報告しに行った。

「失礼します！」

「……リーゼ？」

いきなり執務室に押しかけたからか、アレクシス様は怪訝《けげん》そうな顔をしていた。

本当はもっと早く診断結果は出ていたのだけれどここ一か月ほどアレクシス様は不在だったので、教えるのも先延ばしになっていた。しかも今、アレクシス様は帰城したばかりだというのにもう着替えて腰に剣を下げようとしていたので、またすぐにどこかに出かける予定だったのかもしれない。

そうして、私が告げた言葉に——彼は、剣を取り落とした。

「……リーゼに、子が……？」

「はい。あなたと私の子です」

私はしっかりとうなずき、お腹をさすった。

アレクシス様に伝えるタイミングが延び続けていたので、そうこうしている間に私のお腹《なか》はほんのりと膨らみがわかるようになっていた。今はゆったりしたドレスだからわかりにくいけれど、腹部をそっと押さえるとそこに小さな命が宿っていることがわかるくらいだ。

アレクシス様は落とした剣を拾うこともせず、呆然とした顔をしていた。荒《すさ》んだ緑色の目に、微かな光が灯る。――私はそれに、一縷《いちる》の希望を見出《みいだ》した。

もしかすると、子どもができたことをきっかけにアレクシス様は変わるかもしれない。

過去に縛られるのではなくて、子どもと一緒に生きていく未来を見つめてくれるのかもしれない……と、淡い期待を抱いてしまう。

けれど私の願いも虚《むな》しくすぐに瞳の光は消えて、アレクシス様は私に背中を向けた。

「……それは、大儀だった。ゆっくり休み、元気な子を産んでくれ」

「は、はい、ありがとうございます。……あの、アレクシス様。お出かけの前に……お腹に、触れてくれませんか？」

「俺が？」

「はい。この子もきっと、お父様の近くに行きたい、と願っていることでしょう」

アレクシス様が振り返ったので、私はその大きな背中に歩み寄って彼の左手を取ろうとした――けれど、直前ですっと手が遠のいていった。

「……俺に、構うな」

「でも、アレクシス様……」

「……」

アレクシス様は何も言わず剣を拾い、今度こそきびすを返して部屋を出てしまった。

「……アレクシス様」

夫の手を握ることのできなかった手を、自分のお腹に添える。

立ち去るときの——アレクシス様の、寂しそうな眼差しを脳裏に思い浮かべながら、私は目を閉ざした。

✦

子どもができてからも、アレクシス様は戦浸けの日々を送った。でもそれだけでなくて、以前よりもいっそう私を避けるようになった。

妊娠しているから、もう私の寝室に来ることもない。出立のお見送りやお迎えをしようとしても、「来るな」と怖い顔でにらまれるだけ。もちろん、贈り物なんてものもらったことがない。

——アレクシス様は、ずっと闇に囚われている。

一年前のあの冬の日に、優しかったアレクシス様は死んだ。目の前で前辺境伯様を殺されて、ご自分をかばった私の父も死に、多くの騎士たちが斬られた経験が、アレクシス様を変えてしまった。

「……僕たちも言っているんだよ。父さんたちが死んだのは、アレクシス様のせいじゃないって。でも……」

「聞き入れてくださらないのね……」

私の言葉に、兄のリヒャルトは沈痛な顔でうなずいた。

兄は私たちが結婚してしばらくして、王国騎士団からリーデルシュタイン騎士団に異動していた。王都には義姉やまだ小さい甥《おい》もいるけれど、「今のアレクシス様やリーゼを放っておくことはできない」と言っていたし、義姉も辺境伯家の現状を理解して送り出してくれたそうだ。

アレクシス様は重鎮たちに対しても暴言を吐くし無視もするけれど、乳兄弟である私の兄に対しては少しだけとげが少ないそうだ。それでもたいていの声かけは無視されるし、にらまれることがほとんど。兄が来てから少しだけ家臣への当たりは緩くなったけれど、変化らしいものはそれくらいだという。

「それに、リーゼのことも。……ごめん。僕も、日々言っているのだけれど……」

「ううん、気にしないで。この子も……元気に育っているのだから」

しょぼんとする兄の肩を叩き、私はお腹を撫でた。

アレクシス様と私の子は日々すくすく育っていて、今では誰が見ても私が妊婦であるとわかるくらいになっていた。もうすぐ胎動もわかるそうだけど、アレクシス様の子なのだからきっと元気いっぱいにお腹を蹴ってくれるはず。

……私も兄も母も、アレクシス様を恨んだことは一度もない。むしろ父が身を挺してお守りしたのだから、アレクシス様にはいっそう幸せになってもらいたいくらいなのに。

お腹を撫でながら、私は目を閉ざした。

もうすぐお父様になるのだから、こっちを見てほしい。子どもが生まれたら、一緒に子育てをしてほしい。

……もう、過去に囚われずに未来を見てほしい。

✦

その日は、雨だった。

私のお腹も順調に大きくなり初夏に入った頃からつわりの峠も一旦越えたため、外出もできるようになった。お医者様からも、今のうちに散歩や軽い運動をして出産に備えるように、と言われていた。

今日の夕方に、アレクシス様が帰城なさったという知らせが入り——すぐにまた、遠方の内乱鎮圧のために出発なさると聞いた。

私は、身仕度を整えた。妊娠を告げてから私は一度も、アレクシス様と話ができていない。まともに動けるうちに、言わないと。

「今日は雨です！」「お体に障ります！」と止めてくるメイドたちをなだめ、騎士たちの同行をやんわり断って、私は小雨の降る庭に出た。アレクシス様はまだ庭にいらっしゃるから、心配しなくていいと皆に言って。

アレクシス様は、厩舎《きゅうしゃ》の近くにいらっしゃった。雨で濡れた背中が寂しげで、私は雨除けのために被っていた上着をずらして、アレクシス様のもとへ小走りに駆けた。

アレクシス様。

どうか、話を聞いて。

無茶な戦いはやめて、私たちと一緒に未来を考え直してほしい。

私と、お腹のこの子と一緒に生きる未来を見てほしい。

そんな想《おも》いを込めて、私は雨でぬかるんだ地面を踏みしめる。

足音を耳にしたらしいアレクシス様が、振り返った。そして――銀の軌跡が閃《ひらめ》き、私の目の前がかっと赤く染まった。

一瞬のことで、何が起きたかわからなかった。

鋭い痛みが胸から脇にかけて走り、私はその場に俯《うつぶ》せに倒れた。お腹の赤ちゃんに障るとわかっていても、体の向きを変える余裕なんてない。

「リー……ゼ……？」

呆然としたアレクシス様の声と、ぐしゃ、と重いものが地面に落ちる音。私の視界に見えたそれは……血に濡れた剣だった。

ばしゃん、と泥水をはねながらアレクシス様が跪《ひざまず》いて、私の体を抱き起こした。

「リーゼ！　なぜ君がここにいる⁉」

「……アレクシス、様……」

名前を呼んだけれど、体が痛い。息が苦しい。

ごほ、と吐いた咳《せき》は真っ赤に染まっていて、アレクシス様の上着を汚してしまった。ああ、いけない。私を抱きかかえるアレクシス様の袖やスラックスにも、どんどん赤い染みが移ってしまう。

「なんということだ……くっ、すぐに医師を――！」

「……ま、て。アレク……様……」

体が、冷たい。今は初夏だから、本当ならほんのり暑いくらいなのに。

震える手を伸ばして、アレクシス様の頬に触れる。そこはげっそりとやつれており、彼がこれまでの間に背負ってきたものの重さが感じられて、胸が苦しくなってくる。

「どう、か……しあわ、せに……」

「リーゼ、何を言っている⁉」

「奥様⁉」

アレクシス様の声に混じり、誰かの叫び声が聞こえる。

ああ、ごめんなさい、少し、静かにしてくれないかな。

少しでも長く、アレクシス様の声を聞いていたいから。

「……わたし、ずっと、あなたのこと……あいして、ます……」

「リーゼ……⁉」

「もう、だいじょ、ぶ、です……あなたは、ひとりじゃ、ない、から……もう、ごじぶんを、せめない……で……」

ああ、よかった。言いたかったことは、全部言えた。

安堵のためか、それまではなんとか動いていた手やまぶたから、力が抜けていった。

私を抱きしめるアレクシス様が、慟哭している。体がばらばらになりそうなほど強い力で、抱きしめられる。


ああ、私は、幸せ者だ。

好きな人と結婚して、好きな人に抱かれて、好きな人の子を身ごもって。そして最期に、好きな人の声とぬくもりを感じながら逝けるのだから。

……愛する人の子をこの世に送り出せなかったのは本当に残念だし、この子に申し訳ない。

でも……もう、何も考えられない。

私は愛する人に名を呼ばれながら、意識を手放した。

2章 二度目の人生を共に

温かい、優しい匂いがする。

これは……リーデルシュタイン城で使われている、石けんの匂い。それから、厨房《ちゅうぼう》で使用人たちが食事を作っている匂い。

まだ、体はだるい。

でも、もう起きないと――

✦

「……え？」

私は、目を開いた。視界に広がっているのは、白っぽい色の天井。見慣れている、リーデルシュタイン城内にある私の部屋の天井だ。

がばっと身を起こして――私はまず、自分の胸から左腰にかけての肌に手を沿わせた。

雨の中、アレクシス様にばっさり斬られたはずのその部分は、なめらかだ。急いで寝間着を脱ぎ捨てて裸の胸元をじっくり見たけれど、傷痕の一つすら残っていない。

……どういうこと？　いや、ちょっと待って。

アレクシス様の子を妊娠した私は、とっくに成長期は終えていたけれどちょっとだけ胸が膨らんできていたし、お腹も大きく膨らんでいた。アレクシス様に似たのかかなり大柄な子どもらしくて、寝るときも少し苦しいくらいだった。

それなのに、今の自分はお腹に赤ちゃんがいるとは思えない体型で、胸の膨らみも控えめだ。

「……えっ？」

ぺたぺたと自分の顔に触れて……髪の長さの異常に気づく。

妊娠がわかった私は医者の勧めを受けて、長かった髪を肩までの長さに切ってもらったはずだ。それなのに、今の私の髪は背中までの長さだ。

「……何、どういうこと……？」

私は……アレクシス様に斬られた私は手当てを受けてなんとか一命を取り留め、かつての自室に寝かされていた——わけじゃないの？

ひとまず、さっき脱ぎ捨てたばかりの寝間着を着た。……今気づいたけれどこの寝間着は、ずっと昔に捨ててしまったものだ。胸元のネコの刺繡《ししゅう》が特徴的だから、忘れるはずもない。

ふらふらしながら壁に手を突いてベッドから下りた私は、壁際に置いていた鏡に気づいた。この鏡も、割れてしまったから少し前に買い換えたはずだけれど……。

鏡に映る私は、長い茶色の髪に大きなオレンジ色の目を持っている。騎士の娘として護身用の剣術は教わっていたから、貴族の令嬢のように肌が白いわけではないけれど、「健康的できれいな肌だ」と皆に褒められている。

でも……私はもうちょっと、不健康な顔をしていたはず。アレクシス様と結婚してからは肌も髪もつやが失われていたし、妊娠してからつわりのひどい時期があって、顔にブツブツができたりもしていた。

でも今の私は間違いなく、若返っている。

鏡に映っているのは、二十歳の私ではなくて……十八歳くらいの頃の、私。

……十八歳、くらい？

「……い、今の季節は……⁉」

さっと振り返り、カーテンを閉めている窓辺に向かう。妊娠してからはこんなばたばたした動きをする機会がないし体が重くてできなかったというのに、今の体はすごく軽い。

カーテンを開けると――外には、鮮やかな秋色の世界が広がっていた。まだ朝の早い時間帯だからか、朝日を浴びてリーデルシュタイン城の庭が淡い色に染まっている。

今の季節は、秋。私がアレクシス様に斬られたのは、初夏だった。

……もしかして。

どくん、どくん、と早鐘を打つ胸元を押さえながら、私は部屋から出た。そこはすぐ廊下で、ちょうど下働きの少女が洗濯籠を抱えて前方を通ったところだった。

――彼女は、メイドのマリー。両親はともにリーデルシュタイン城の使用人で、彼女も幼い頃から城の庭で遊んでいたのだけれど……私たちが結婚してしばらくした頃に仕事を辞めて、家族で引っ越したはずだ。

「……あっ、リーゼ様。おはようございます」

彼女は私に気づくと、ぴょこんとお下げを揺らしてお辞儀をした。その姿は――私が最後に彼女を見たときの姿と、ほとんど変わっていない。

「ええ、おはよう。……今日も朝早いのね、マリー。お疲れ様」

「滅相もございません！　これがあたしの仕事ですので！」

マリーが元気よく答えてくれたので、私の胸の中のモヤモヤは少しだけ晴れた。けれど、確かめなければならないことがある。

「いつもありがとう。……ええと、あなたがメイドになってからもう何年になるのかしら？」

「え？　えっと……あたしが十二歳のときからなので、二年ですね！」

マリーの返事を聞き、私は急いで彼女の情報を頭の中から引っ張り出した。

マリーは……確か、私より四歳年下だと言っていた。つまり今の彼女は、十四歳。

それじゃあ……？

「そうね。今年は聖暦六七四年だものね」

「はい。……あ、そろそろ行かないと。では失礼します、リーゼ様」

「ええ。お仕事頑張ってね」

元気いっぱいなマリーを見送り、私は部屋に戻って……へなへなと、その場に頽《くずお》れてしまった。マリーは少々おっちょこちょいなところがあるけれど、嘘はつかないし物覚えもいい子だ。

「……今は、聖暦六七四年……」

繰り返しつぶやくけれど、全然現実味はない。

私がアレクシス様に斬られたのは、聖暦六七六年の初夏。でもマリーとの会話で、「今」が聖暦六七四年であると判明した。

信じられない。信じられないけれど、マリーが嘘をつくわけがないし、現に今の私の身にも変化が起きている。

つまり……どういうことなのかわからないけれど、私は過去に戻っている？　私がアレクシス様と結婚するよりも前に――いや、それどころか。

「……えっ、ちょっと待って」

今は聖暦六七四年の秋。ということは――

「……今年の冬に、辺境伯様たちが亡くなる……？」

どくん、と心臓が痛いほど脈打つ。

そう、そうだ。全ての始まりであるあの襲撃事件が起きたのが、聖暦六七四年の冬。窓の外を見る限り、今の季節は秋真っ盛り。

どういうこと、なんで、という混乱の気持ちもあるけれど――迷う気持ちの中にぽつんと、希望の光が灯った。

「……私は、未来を知っている」

今年の冬に、デュルファー男爵の企《たくら》みによって辺境伯様たちが亡くなる。でも……未来に何が起こるかを知っている私なら、あの悲劇を止められるんじゃないの？

……もし、襲撃事件を防げたら。辺境伯様も、父も、騎士たちも、死亡せずに済んだら。

アレクシス様の豹変《ひょうへん》は、ご自分をかばって多くの人たちが亡くなったことが原因だとされていた。ということは、あの襲撃事件を防げたら、アレクシス様が復讐の鬼になることはなくなる。あの、私が幼い頃から想いを寄せていた、優しくて思いやりに満ちたお方のままで……。

「……そ、そうだ！　アレクシス様！」

がばっと立ち上がって、私は上着だけをひっ摑んで廊下に出た。

もし、私が二年前に戻っているのなら。この城にいるのは、あのお優しい、貴公子の鑑《かがみ》のようなアレクシス様だ。

結婚してからろくに声をかけてもらえず、夜の生活も義務的で乱暴なものだった。

でも、昔の優しいアレクシス様に会える。もう一度、「リーゼ」と優しい声で呼んでもらえる――？

使用人たちがぎょっとする中、私は廊下を走った。途中で「こら、リーゼ！」「リーゼ様⁉」と皆がびっくりする声が聞こえる。かつて私のことを「奥様」と呼んでいた人たちが、「リーゼ！」と叫んでいるのがわかり――胸がいっそう高鳴った。

気になることはたくさんあるけれど……今はとにかく、一刻でも早くアレクシス様のお姿を見たい。

確か独身時代のアレクシス様は毎朝、庭で鍛錬をなさっていた。でも天気がよくて清々《すがすが》しい日は、騎士を連れて朝の乗馬をすることもあったようで――

鍛錬に使われていた庭よりも厩舎の方が近かったから、私はそちらに向かった。妊娠していたときと違って体は軽いけれど、それでも起きてすぐに走るから、もう息は上がっているし足もガクガク震えてきた。

でも、会いたい。

アレクシス様のお姿を、見たい。

――厩舎の周辺に、人だかりができている。その中に、アレクシス様の側近騎士の姿もある。当たりだ。

「アレクシス様——！」

私の叫びを聞いた皆がこっちを見て、ぎょっと目を見開く。そして、愛馬の手綱を手にしていたアレクシス様もこちらを向いた。

——どくん、と心臓が幸福でうち震える。

アレクシス様が、いる。

簡素な乗馬服姿越しでも、胸の筋肉の盛り上がりがよくわかる。周りの騎士や従者たちよりもずっと背が高くて、朝の日差しを浴びてさらさらの金髪が映えている。

緑色の目が私を見て、きょとんとしている。あの悲劇の日からは見られなくなった、アレクシス様の無防備な姿。

私が、お慕いする人。

「リーゼ、朝早くからどうかしたのか」

とうとう力尽きて私が草地にへたり込むと、手綱を従者に預けたアレクシス様が自らやってきて、私の前に膝を突いた。

きれいな緑色の双眸が、私を見ている。

大きな手のひらが、私に向かって差し伸べられる。

「部屋着のままで、一体どうしたんだ……って、顔色が悪い。ほら、手を貸すから。立てるか？」

「う、ううう……」

「リ、リーゼ⁉　どうした、吐くのか⁉」

アレクシス様はわたわたしているけれど……まさか、吐くはずがない。

嬉しくて、嬉しくて、胸がいっぱいになって泣きたくなってくる。

アレクシス様が、昔のままのアレクシス様が、ここにいる。

私の前に立って、私を見て、私に手を差し伸べてくれる。

「ア、アレクシス様……！」

「えっ、ど、どうしたんだ！　泣いて……⁉」

「え、ちょっと、アレクシス様。リーゼ様を泣かせたんですか？」

「まずいですよ！　さすがに騎士団長もお怒りになりますよ！」

「辺境伯様にも叱られますよ！」

「お、俺が泣かしたのではない！　……ああ、リーゼ！　どうしていっそう泣くんだ⁉」

「ご、ごめんなさいぃ……！」

アレクシス様を困らせてしまっている自覚はあるけれど……どうしようもなかった。

だって騎士たちの会話から、「今」のことがわかったから。

騎士団長である父も、アレクシス様のお父様である辺境伯様も、ご無事。生きていらっしゃる。

誰の命も失われていない、平和な時代。

私はそのときに戻っているのだと、はっきり確信を持ったのだった。

アレクシス様は私をなだめてくださったけれど、私がしゃっくりを上げながら気持ちを落ち着けようとしている最中に、父を伴った辺境伯様が来てしまった。

アレクシス様はお二人に対して、私のことをご説明なさろうとしたけれど――私はつい、ぴんぴんしている父の姿を見て飛びつき、泣いてしまった。

ああ、父さんが生きている。賊に斬られていた体はがっしりとしていて温かく、うつろに見開かれていた目はせわしなくまばたきを繰り返している。

「父さん！　ああっ、父さん……！」

「リ、リーゼ⁉　お、おい、いきなりどうした⁉」

「父さん、父さん、ぎゅってして！」

「ええっ……？」

思春期になってからは親子喧嘩ばかりしていた私が甘えたからか、父は戸惑ったような声を上げた。でも最終的にはおずおずと私の背中を撫でてくれて、言いようもなく安心できた。

……ただし、私たちの横ではとんでもないことが起きていた。

「……アレクシス。おまえまさか、リーゼに不埒《ふらち》なまねでもしたのではないか？」

「な、何をおっしゃいますか、父上！　俺は何もしていません！」

「ではなぜ、あんなに気丈なリーゼがヨナタンに抱きついて泣いているのだ！　おまえがリーゼを泣かせるようなことをしたのではないのか！」

「誤解です！　いや、本当に、何もしていませんから！」

アレクシス様は必死に言っているけれど、その声もだんだん遠のいていった。どうやら辺境伯様によってアレクシス様が問答無用で引きずられていったそうで、周りの騎士たちが「……アレクシス様のおっしゃるとおりなんだけど、ちょっと割って入る勇気はないわ……」「怒った辺境伯様、むっちゃ怖いし……」とぼやいていた。

……とはいえ、いきなり私が泣きだしたのは事実で、アレクシス様は本当に何も悪いことはなさっていない。

そういうことで私は涙としゃっくりが収まって一旦着替えをしてから、アレクシス様のもとに謝罪しに行った。

「本当に申し訳ありません、アレクシス様」

「いや、気にしなくていい。それより……何かあったのか？」

低姿勢で謝るけれど、アレクシス様は穏やかな笑みでおっしゃった。

アレクシス様を心配させて、しかも誤解で辺境伯様に連行される羽目になったのだから、事情はきちんと説明しないといけない。でも……「私は二年後から巻き戻って、今に至りました」なんて言えるはずもないし、言ったとしても信じてもらえるわけがない。

「その……少し夢見が悪くて」

苦しいと思いつつ言い訳を述べると、アレクシス様は小さく首を捻《ひね》った。

「夢？　ひょっとしてその夢に、俺が出てきたのか？」

「えと……はい、そうです」

「そうか……さては、夢の中の俺がリーゼを悲しませてしまったんだろうな」

アレクシス様は眉を垂らしてそう言うと、私の肩をぽんぽんと叩いてくださった。

「人間誰しも、感情が昂《たか》ぶることはある。父上やヨナタンたちの誤解も解けたから、俺は気にしない」

「申し訳ありません、本当に……」

「そう謝らなくていい。……それにしても、すっかり大人になったと思ったのにリーゼも昔と変わらず可愛いところがあるのだな」

アレクシス様がからかうように言ったので、私はさっと顔を上げて――アレクシス様のまぶしいほどのご尊顔を真正面から見たため、頬に熱が上ってしまった。彼を見ていて思い出すのは、かつての自分がたどった人生。

私は……私はかつて、この方と結婚した。夜も一緒に過ごして、妊娠して。

今の彼とかつての彼は、別人だ。別人の、はずだ。

それでも……そういうことをした相手だと思ってしまうとどうしても恥ずかしくて、気まずくなってきた。

……謝罪はしたし、お許しも得られた。もう部屋に戻ろうと、私はスカートを摘《つま》んでお辞儀をした。

「で、では私は失礼します！　アレクシス様のお時間を奪ってしまい、申し訳ありませんでした！」

「構わない。俺もこの後、男爵からの手紙の返事を書かねばならず、憂鬱になっていたところだ。だから、リーゼが突撃してきたから気も紛れて、よかった」

アレクシス様は明るく言うけれど……。

「……男爵？」

「ああ、従叔父のデュルファー男爵だ。……リーゼは会ったことがないだろうな」

「俺も、あまり懇意にしているわけではないのだがな」とぼやくアレクシス様を見ながら、私の心臓は不安で高鳴っていた。

デュルファー男爵。

忘れるものか。かつての……【一度目の人生】で、辺境伯の座ほしさにならず者を雇って辺境伯様や父たちを殺させた、諸悪の根源。あの、誰も幸せになれない未来を作るきっかけになった男。

私が心の中でもやもやを抱えていることに気づかない様子で、アレクシス様はくるりとペンを回した。

「最近、何かと父上に接触しようとしてきてな。……これまでは疎遠気味だったのにいきなり寄ってくるから、父上も難儀している。それで今度は息子である俺にも、晩餐会への招待状をよこしてきたのだ」

「い、行かれない……ですよね？」

どきりとして急いて尋ねると、アレクシス様は少し遠い眼差しでうなずいた。

「その予定だ。……では、男爵でも納得するような文句を考えるから、一人にしてもらっていいか？」

「あ、はい、もちろんです。長々とお邪魔しました」

「気にするな。また、後で」

気さくに声をかけてくださるアレクシス様の笑顔に胸をときめかせつつ——部屋を辞した私はささっと廊下の隅に寄り、壁に身を預けて目を閉ざした。

……そう。確か、【一度目の人生】でもそうだった。

デュルファー男爵は辺境伯様の従弟にあたるけれど、昔からお二人の交流はほとんどなかったという。でも、聖暦六七四年の秋頃からしばしばリーデルシュタイン城に手紙をよこしてくるようになっていたそうだとは、経理部で働いていた私も聞いていた。そこでどんなやり取りをしていたのかまでは、さすがに知らないけれど……きっと辺境伯様やアレクシス様の様子を窺いながら、冬の襲撃事件の準備を進めていたのだろう。

アレクシス様のご様子からして、男爵の誘いに乗る気はなさそうだ。それはそれでいいけれど、かえって男爵の行動に火を付ける結果につながるかもしれない。

「……あの悲劇を、起こすわけにはいかない」

私は、決めた。

今年の冬に待ち構える、襲撃事件。

あれを防いで、誰も死なない、誰も悲しまない未来を摑んでみせる！

✦

アレクシス様の部屋を辞した私は、すぐに自室に戻った。

経理補佐の仕事を始めた十六歳の春から、私はこの部屋で寝泊まりするようになっていた。小さなリビングと寝室があるだけだけど、食事などは城の使用人食堂で一緒に取るし風呂場もきちんとあるから、この部屋で十分暮らせた。

【一度目の人生】では結婚を機に仕事を辞めて、この部屋も引き払った。それ以降は辺境伯夫人用の豪華な私室で過ごしていたから、この狭い部屋は懐かしいような、逆に少し寂しいような感じがした。

デスクの引き出しを開けて少し灰色がかった下書き用の紙を取り出し、ペン先にインクを含ませる。

今はまだ記憶がはっきりしているけれど、いつか【一度目の人生】の情報を忘れていってしまうかもしれない。だから私が【一度目の人生】で見聞きしたこと、それから周りの人たちについての情報を、今のうちに書き出しておこう。

まずは……今年の冬に発生するはずの、襲撃事件。あれを起こしたのは、デュルファー男爵ことディーター・プロイス。

あの痛ましい事件が起きた後、アレクシス様が独自で調査をしてデュルファー男爵一家を見つけ出したそうだ。でも戦闘浸けになっていたアレクシス様は事後処理や報告書の作成とかをしなかったから、必然的にそれらは私の仕事になった。あの頃はアレクシス様が成し遂げる血なまぐさい戦績をまとめるたびに胸が痛んだけれど、今では詳細に情報をまとめておいてよかったと思えた。

……そもそもリーデルシュタイン辺境伯家の家督は、デュルファー男爵の父親が継ぐ予定だった。

でもその人は若い頃にかなりのやらかしをしたようで地方での謹慎処分を受けて、一家はフェルマー家から除籍処分を受けた。そして辺境伯位は、その人の弟でありアレクシス様のお祖父様である方に移った。

やらかした父親を持つディーター・プロイスは、皆から冷たい目を向けられていた。けれどそれなりに努力した結果、領地を持たないものの男爵位を名乗ることを許された。父親の失態によりフェルマー姓を失っていた彼は母方の姓であるプロイス姓を名乗っており、デュルファー男爵位を授かった。

彼の本心としては、このまま辺境伯位の襲爵権をも復活させたかったのだろう。けれどそれは許されず、そのまま現辺境伯であるオリバー・フェルマー様が襲爵した。……このことが相当不満だったようだ。

デュルファー男爵は、雪の中を行軍する辺境伯様一行を襲撃することにした。辺境伯様と後継者であるアレクシス様、そして男爵にとって大きな障害になりうる騎士団長である私の父などがそろっているのを事前に知った上で、馬車の行く先に雪を盛る。

そうして除雪作業に手間取ったり車輪が雪で動かなくなったりした隙に、雇っていた賊たちに一行を襲わせる計画だった。ただし結果として【一度目の人生】ではアレクシス様を討ちこぼして、彼を豹変させるきっかけになってしまった。

襲撃者たちは雇い主の素性を知らなかったので、アレクシス様が締め上げてもほとんど情報は得られなかった。でも、わずかな見た目の情報からアレクシス様は男爵家を割り出して、突撃して――剣を突きつけられた男爵が白状して指示書も回収したところで、一家全員皆殺しにしたという。

私は紙に、リーデルシュタイン辺境伯家を巡る二つの家――アレクシス様たちフェルマー家とデュルファー男爵たちプロイス家の人間関係図をざっと書き、そこに知り得ている情報を記していった。

……現在存命の人でフェルマー姓を名乗っているのは、辺境伯様とアレクシス様だけだ。アレクシス様の母君は十年以上前に、祖父母も五年ほど前に亡くなっているし、フェルマー家の直系にあたるおじやいとこのような存在もない。

だから、デュルファー男爵は辺境伯様とアレクシス様を狙った。お二人が亡くなればフェルマー家は断絶し、血縁をさかのぼって自分に辺境伯位が来ることが確定しているから。

――ぐっ、とペン先を紙にめり込ませてしまう。ちょうど男爵の名前の場所だったので、そこがじわじわと黒ずんでいったけれど、まあいいだろう。

【一度目の人生】では、この家系図に載っている者全員が死亡した。それだけでなく、父を始めとした騎士たち、それから男爵に金で雇われた襲撃者たちも死に……私も、アレクシス様に斬られて絶命した。

アレクシス様や辺境伯様たちはもちろん、デュルファー男爵や雇われただけの人も……

できるなら死なないでほしい。

死んだら、全ておしまいだ。デュルファー男爵側の人間は罰せられるだけのことはしていたけれど……それでも、あんな結末は迎えたくなかったはず。

私は、未来を変えたい。

誰も幸せになれなかった【一度目の人生】を、繰り返したくはない。

「そのためには……動かないと」

よし、と気合いを入れて、私は本棚からリーデルシュタイン領の地図を引っ張り出した。

男爵が襲撃者たちを住まわせていたアジトは、領内の南の端にあった。森に囲まれた廃屋で、まさかここに悪人が住んでいたなんて思ってもいなかった。

今の季節は、秋。あの事件が起きるのは冬だから、もう男爵側はなんらかの動きを見せているはず。

かといって、すぐに男爵を叩くわけにはいかない。それこそ証拠不十分だし、もし信じてもらえたとしても「もしかしておまえは、男爵とつながっているのではないか」と疑われたらまずい。

男爵を糾弾することはできなくてもひとまず、あの襲撃を防がないと。

そのためには……。

「……私が騎士たちを連れて、アジトに突撃する」

これが一番楽だろう。地図をデスクに広げてから、私は紙にその言葉を書き込んだ。

まずはなんらかの用事を作って、私が南地方に行く理由を設ける。そこで私は偶然、森の奥に行く怪しい人たちを見つける。付いていくと、アジトに籠もっている様子……というのを確認する。

これはなるべく早くに済ませたいけれど、早すぎると空振りしてしまいかねない。とはいえ【一度目の人生】で家臣が仕上げた襲撃者たちについての報告書には、「秋の終わり頃から本格的に活動していた」とあったから……秋が終わるまでには行っておきたい。

そうして、「領内で不審な人物を見かけたから、騎士団を案内したい」と辺境伯様に申し出る。あくまでも領内警備の範疇《はんちゅう》だから、辺境伯様も父も承諾してくれると思う。

それで、襲撃者たちの姿を騎士たちに確認してもらい、その場で捕縛する。取り逃がしたとしても、辺境伯様たちに「自分たちは何者かに狙われている」という意識を持っていただければ十分だろう。

……よし、これで行こう。

決定した内容をぐるっと丸で囲んだけど……ふと、心に陰が過《よ》ぎった。

もし、この計画がうまくいって冬の襲撃事件を防げたとしたら。【一度目の人生】とは違うこれからの人生は、どうなるのだろう。

辺境伯様も父も殺されないから、アレクシス様が病むこともない。アレクシス様は明るくて爽やかな貴公子のままだから、婚約者候補の令嬢たちが逃げることもない。それなら……彼女らの中から最も優れた方を、次期辺境伯夫人として迎えるだろう。

お優しくて勇敢なアレクシス様は無事、奥方を迎える。それは婚約者候補の令嬢の誰かであり、私ではない。

【一度目の人生】では候補の女性たちが皆逃げてしまったから仕方なく、跡継ぎを作るために私があてがわれた。父親が騎士爵を賜っただけの平民である私が辺境伯夫人になれたのは、そうするしかなかったから。

でも、今は違う。

「……私以外の人と結婚した方が、アレクシス様も幸せだよね」

なんといってもアレクシス様は【一度目の人生】で私との結婚を提案されたとき、「リーゼとだけは、結婚したくなかった」ってこぼしてらっしゃった。それを聞いた当初はショックだったけれど、仕方ない。私とアレクシス様では何もかも違って、釣り合うはずがないのだから。

アレクシス様は、誰にでも優しい。私は乳兄弟の妹で、騎士団長の娘。幼なじみとして優しくしていただけで、私のことを異性として愛していたわけではない。

アレクシス様がご令嬢と結婚するのを見届けたら……経理補佐の職を辞して、領内にある屋敷に帰ろう。母も、「そろそろ結婚を考えたら？」と言ってくるから、同じくらいの立場の男性とお見合いでもして、家庭に入ろう。

かつては、アレクシス様の部下と結婚してアレクシス様のお姿をずっと見られたら……と思っていたけれど、今はちょっとそういうことはできそうにない。【一度目の人生】で結ばれた人が自分以外の女性と幸せそうにするのを見るのは、かなり精神的に堪《こた》えるし……こんな私を妻にしてくれる男性に対しても、不誠実だろう。それくらいならアレクシス様の姿の見えない場所でひっそり生きていた方がいい。

……アレクシス様は、私の初恋の人。今でもずっとお慕いしている人。

だからこそ、【一度目の人生】では幸せになってほしい。アレクシス様にふさわしい女性を奥方に迎えて、仲睦《むつ》まじく暮らしてほしい。

私は一度、アレクシス様と結ばれている。産むことはできなかったけれど子どもも宿したし、これ以上の贅沢《ぜいたく》は言えない。

「……アレクシス様。あなたが幸せなら、私は十分です」

そうつぶやき、私は儚《はかな》い恋心にそっと蓋をした。

✦

皆が幸せになる未来を掴むべく、私は秋のうちに少しずつ行動を起こしていった。

まずは、「南方地域の秋祭りに参加したい」という理由を見つけて、旅行に行く許可を取った。仕事ではなくて個人的な旅行扱いだから護衛をぞろぞろ連れていかなくて済むし、あっちに行けば自由に行動できる。

領地外や王都への旅行ならともかく行き先はリーデルシュタイン領内、それに主要な道を使っていくと約束したので、女一人旅でもとやかく言われることはない。私の実家であるキルシュ家の使用人やメイドは連れていくけれど、彼らならなんとか撒《ま》けるはず。

そういうことで私は準備を整えて、南方地域の秋祭りに出かけることになった……のだけれど。

「ああ、リーゼ。これから出発だったか」

「ア、アレクシス様!?」

外出用の服に着替えて、キルシュ家の使用人に馬車の準備をさせていると……なんとアレクシス様がいらっしゃった。

アレクシス様は辺境伯令息だけど、辺境伯様の二つ目の爵位を既に名乗っていて、シェルツ子爵としてお仕事をなさっている。今日は子爵として来客の接待をなさるということで、私はその間にこっそり出発する予定だったのだけれど？

「アレクシス様、お客様はよろしいのですか？」

「さっき連絡が入って、馬車の調子が悪いからもう半刻ほど遅れるということだった。だから、リーゼを見送りたくて」

そう言ってアレクシス様が柔和に微笑むものだから、私の胸はどきどきと高鳴ってくる。

来客接待用の身なりのアレクシス様は柔らかな金髪をまとめていて、服装もすっきりとしたシャツとスラックス、ベストという格好だった。

でも、リーデルシュタイン騎士団の一員でもあるアレクシス様は、質素な格好をしていても惚《ほ》れ惚《ぼ》れするほどお美しい。ベストの胸元は筋肉でぱつんぱつんだし、腕も太い。それでいながら王子様のように甘いマスクで微笑むものだから、せっかく蓋をして押し込んでいた私の恋心がぐずってしまう。

……だから、無礼だとはわかっていても私は視線を逸《そ》らして、アレクシス様の美貌を直視しないようにした。

「……そうでしたか。でも、お見送りは不要です。仕事ではなくて、個人的な旅行ですし」

「知っているとも。だが個人的な旅行に行くから見送ってはならない、という法律はないだろう」

「ないですけど……」

「俺が君を見送りたいと思ったんだ。……無事で行ってくるんだよ、リーゼ。旅行の話を、たくさん聞かせておくれ」

アレクシス様の声が、思ったよりも近い場所から聞こえた。あれ、と思って顔を上げると——あら不思議。そこには、満面の笑みで私を見下ろすアレクシス様のご尊顔が。

ああ……ああ……【一度目の人生】では結婚後、一度も見られなかった笑顔が、こんな間近で見られるなんて……。

恋心がギャンギャン騒ぎ立てるのを抑える気力もなくてぼうっとしていると、アレクシス様は微笑んで私の左手を取り、ちゅ、と手の甲にキスを落とした。

……えっ？　手の甲への、キス⁉

「ア、レクシス様⁉」

「無事で行ってくるように、のおまじないだ」

「う、は……はい、ありがとう……ございます……。お土産、買って帰ります……」

「ありがとう。でも俺にとっては、リーゼが笑顔で無事に帰ってくるだけで十分な土産になるな」

あああああ！　この方は、なんてことを！

王国内では侯爵とも肩を並べる権威を持つ辺境伯家の令息として育ったアレクシス様は紳士として、女性への態度がとても丁寧だしむやみに触れたりもなさらない。でも子どもの頃は、幼なじみである私をとても可愛がってくれた。

「あっちに鳥の巣があるよ」と言って私の手を握り、私を背負ってくれた。天気のいい日に、兄も含めた三人で抱き合ってお昼寝をしたこともある。そして私のことを、「可愛いお姫様」と呼び、頬にキスをしてくれたこともある。

ただお互いある程度の年になると私も立場をわきまえ、主従の距離を保つようにしていた。だから……今になってこんなスキンシップを取ってくるなんて、予期していなかった！

私は思わず「ひえっ」と悲鳴を上げたけれど、顔を上げたアレクシス様は粋にウインクをしてきた。

「うん？　もしかして、一度だけではおまじないが足りないとかか？」

「足りましたっ！　十分すぎるくらいですっ！　そ、そろそろ出発しますから！」

「ああ、行ってらっしゃい」

頭の中が大混乱状態の私とは対照的に、アレクシス様は悠然と笑って手を離した。それでもまだ、アレクシス様のキスを受けた手の甲がじんじんと痺《しび》れるように熱く感じられて……私は思わず、左手を右手で包み隠すようにしてしまった。

足取りが怪しいのを自覚しながら馬車の方に向かい、出発準備を完了させていた使用人たちのもとへ向かう。

「そ、そろそろ出発するわね」

「かしこまりました。……お嬢様、顔が真っ赤ですよ」

「放っておいて……」

本当に、放っておいてほしい。

それから、高鳴る私の心臓。これは叶わない恋だとわかっているのだから、早く鎮まってほしい。

✦

南方地域への旅行自体は、計画通りに進んだ。秋祭りにも参加してダンスや歌を楽しんだし、皆へのお土産も買った。

……でも、本当の目的はここからだ。

リーデルシュタイン城に戻る途中、【一度目の人生】でアジトの場所を確認した付近に差しかかったところで、私はトイレに行きたくなったことを使用人たちに告げた。

男性の使用人や御者はその場に残して、メイドだけを連れて茂みの奥に行く。ある程度行ったところでメイドにも待つよう指示して——すぐに、【一度目の人生】でたどった道を探った。

辺境伯夫人になってから一度、私もアジト跡地に行ったことがある。あのときの季節は春の終わりで今は秋だから木々の色合いとかは違うけれど、途中にかつて使われていた井戸や崩れた石壁などがあったのが印象的だから、それを目印にできた。

井戸……見つかった。【一度目の人生】で見たのと、同じ。その先に、半分崩れている石壁が。

そして、さらにその先に――

「……っ！」

思わず漏れそうになった悲鳴を呑み込み、私は木の陰からそこを見た。

廃屋を利用した、アジト。私が【一度目の人生】で見たときはアレクシス様に破壊された後だったけれど、まだ家屋らしい形状を残したそれが、ある。そして、窓ガラスの嵌《は》まらない窓にはちらちらと人影が見えていて……ドアの前にも、大きな足跡がいくつもあった。

どきどきと激しく脈打つ心臓を抱え、私は来た道を戻りながら浅い呼吸を繰り返していた。

やっぱり、あった。【一度目の人生】でも存在していたアジト。それから……そこで身をひそめている者たちの存在。

今は秋だけど、もう数ヶ月すればこの付近は雪に染まり、襲撃事件が発生する。

止めなくちゃ。

私が、あの悲劇を止めるんだ――！

トイレ中にどこかに行ってしまったためメイドには心配されたけれど、「怪しい人影を見つけた」ということを伝えると、真剣な顔で話を聞いてくれた。

それでも、「危険なことはしないでください！」とメイドたちには叱られたし、城に戻ってから報告したら父にも無茶苦茶叱られた。父の前でぼろぼろ泣いたのは、人生をやり直しているとわかったあの日以来だ。

でも私が泣くまで叱った後に、父は「よくぞ、貴重な情報を持って帰った」と私を褒め、すぐに辺境伯様のもとにも報告が行った。そうして私を案内役にした調査団を組み、南方に派遣することが決まったのだった。

✦

「南方地域は昔、大小様々な集落があった。それらをまとめて今の都市ができたから、リーゼが見た井戸や石壁は昔の集落の名残《なごり》だろう」

「……そうですね」

「それにしても、この時季は南方地域といえど冷え込むな。リーゼ、寒くないか？　寒いなら、俺のコートを貸そう」

「……お気になさらず」

「あっ、今、鳥が鳴いたな。食べられるものだったら俺が仕留めて、今日の夕食にしようか？　リーゼはこんがり焼いた鶏の皮が好きだったよな」

「……大丈夫です」

以前来たときよりも冬の色が濃くなり、枯れ草の敷き詰められた小道をさくさくと歩く。

辺境伯様は「件《くだん》の場所に、騎士たちを連れていってくれ」ということで、私に再びアジトの場所に行くよう命じた。こうすることで冬に起こるはずの襲撃事件を防げるはずだから、私も護身用の細身の剣を携えて意気揚々と出発した。

……出発する、はずだった。

今隣にいる人が、いなければ。

ちら、と視線を横に向ければ、美術品かと思うほど美しい男性の横顔が。外套《がいとう》のフードを被っているけれどいたずらな初冬の風がフードの裾を弄んだので、「おっと」と言いながら頭を押さえている。

その人は私を見ると、にっこりと笑った。

「大丈夫だ。リーゼのことは、俺が守る」

「……ありがとうございます」

どうやら私が無表情になっているのを別の意味で解釈したようだけど、私があなたに守られるのではなくて私があなたを守る予定だ。

……何を思ったのか、この作戦にアレクシス様が同行することになった。

それはちょっと都合が悪いような……と私は反対したけれど、「より多くの者の目で確認した方がいいだろう」とアレクシス様は主張するし、父も「アレクシス様がいらっしゃるなら、リーゼも無茶をしないだろう」という結論に至るしで、こうなってしまった。

敵の狙いの一人はアレクシス様なのだから、大人しくリーデルシュタイン城で待っていてほしいというのが私の本音だ。でも、今の段階では「なんだかよくわからないけれど、怪しい人たちがいる」程度だから、アレクシス様の同行を阻止できるだけの十分な材料がなかった。

むしろ、領主のご子息がいるということで騎士たちもいっそう気合いを入れているし、通りがかった町の人たちからも大歓迎されて差し入れをもらえるしで、私たちにとっては都合がいいことばかりだったというのが虚しい。

はあ、と何度目になるかわからないため息をつくと、隣を歩いていたアレクシス様が動きを止めた。

「リーゼ。君はここ最近、やたらため息をつくな」

「……え、えと。申し訳ありません」

「謝れと言ったわけではない。だが……俺が無理矢理付いてきたのが負担になったのかと思うと、心配になってきた」

アレクシス様はそう言って、私の顔を覗《のぞ》き込んできたけれど……本当に、その美々しい顔で見つめないでほしい。恋に落ちてしまうから。

アレクシス様の指摘は大正解だとはいえ、正解ですとは言えない。でもアレクシス様は非常に真っ直《す》ぐでかつ頑固なところがあるから、適当な言い訳で見逃してくれるはずもない。

……本当に、こんな状況だというのにどきどきしてしまう自分が情けない。

他の騎士たちと同じシンプルな旅装姿の襟から見える喉元とか、たくましい腕とかを見ると……【一度目の人生】で、義務とはいえこの人に何度も抱かれたのだということを思い出してしまい、とんでもなく恥ずかしくなってくる。

「そ、その……」

「ああ」

「あ、あなたが同行なさったことを、負担に思っているわけではありません。ただ……」

「ただ？」

「あの、アレクシス様はとても格好いいので、あまり近くに来られるとどきどきしてきて、困ってしまうのです！」

案の定アレクシス様に引く気がないようなので、とうとうそんな言い訳をしてしまった。

……あながち嘘ではないし、格好いいという褒め言葉は――たとえアレクシス様が私のことを好意的に思っていらっしゃらなくても、言われて悪い気持ちにはならないはずだ、たぶん。

うつむいて、ふう、ふう、と大きく深呼吸していた私は、アレクシス様との距離が先ほどよりも離れたことを気配で察した。ああ、これで少しは落ち着いて歩ける……と思って顔を上げると。

「……っ」

「アレクシス……様……？」

アレクシス様は、端整な顔をほんのり赤らめていた。口元を手で覆っているけれど、その隙間から嬉しそうに弧を描いた唇の端がはっきり見えている。

……えっ？　なんで？

「まさか君に、このようなことを言われるとは……」

「……ええと？」

「ああ、いや、嫌なのではない。むしろ……君に格好いいと言ってもらえて、嬉しい。ありがとう、リーゼ」

そう言って手を下ろし、とろりと甘い微笑みを向けてくださった。

…………えーっと。……これは、どういうこと？　アレクシス様は、どうしてそんなに嬉しそうにしているの？

あと、周りの騎士たち。なぜ、「おお、ついにアレクシス様が！」「冬を通り越して、リーデルシュタインに春が来ますな！」なんてことを言っているの？　なんでそんなにはしゃいでいるの？

私たちはしばらくの間、何も言えずに見つめ合い――そして、ほぼ同時にさっと視線を逸らした。そこの騎士、「そんな動作でさえ、息が合っていますね！」なんて言わないでくれませんか？

日が落ちてきたため、私たちは森の側にある小さな町の宿で一泊することになった。

宿の主人は本日の客がアレクシス様だと知ると目を剝《む》いて慌てまくっていて、アレクシス様が「俺のことは一般客と同じように扱ってくれていい」と言っても恐縮しっぱなしだった。

「困ったな……俺は営業妨害をしたいわけではないのだが」

「アレクシス様。こうなったらいっそのこと、もてなしてもらいましょう。そっちの方が宿の主人も仕事と割り切れるでしょう」

「む、それもそうだな」

騎士の助言を受けたアレクシス様はうなずき、自分たちをシェルツ子爵ご一行として迎えるよう言った。そうすると宿の主人もこくこくうなずき、一番広くて立派な客室をアレクシス様にあてがってくれた。騎士の言うとおりだったみたい。

今朝は朝日が昇るよりも前に城を出て、ひたすら馬車を走らせた。南方地域に着いてから馬を休ませて徒歩で移動したから、私たちもくたくただ。体力気力ともにしっかり回復させてから、森の奥にあるアジトに案内する予定だ。

ということで、アレクシス様に一等客室を一つ使っていただき、その両隣にアレクシス様の側近である騎士たちを配置する。そうして私たち残りの者は、なるべく安上がりな部屋に泊まることになった。

アレクシス様は、「リーゼは女性なのだから、もっといい部屋を使えばいい」と言ったけれど、私の方から「経費の無駄遣いはしないでください」と忠告しておいた。別にリーデルシュタイン辺境伯家の財政が逼迫《ひっぱく》しているわけではないしむしろ潤沢な方だけれど、無駄な出費は抑えるべきだ。

そうしてそれぞれの部屋に上がり、着替えをしたり湯を浴びたりしてくつろぐことになったのだけれど……。

デスクに向かって日記を書いていると、ドアがノックされた。

「リーゼ、在室だろうか」

「はい、今すぐ開けます」

アレクシス様の声がしたので立ち上がってドアを開けると、廊下には質素なシャツとスラックス姿のアレクシス様がいた。

アレクシス様はざっと湯を被るだけだった私たちと違い、部屋にある湯船でゆっくりくつろがれたはずだ。柔らかい金色の髪は少ししっとりとしていて、胸元のボタンを二つ外しているのでがっしりとした鎖骨周りの筋肉がはっきり見える。昼間とは違うどこか色香のある雰囲気に、ついどきっとしてしまった。

アレクシス様は、デスクに置いたままの日記を見つけたようだ。

「書き物途中だったか。すまないな」

「いえ、日課の記録ですので、お気になさらず」

「ほう、リーゼは日記を書くのか。知らなかったな」

「……最近始めました」

無論、【二度目の人生】を始めるようになってからだ。万が一誰かに見られてもいいように、内容自体は当たり障りのないものにしているけれど、【一度目の人生】との違いがわかる箇所などにはうっすらと線を引くなどの工夫をしていた。

アレクシス様は「そうか」とうなずいてから、私を見下ろしてきた。

「寝る前に、渡しておきたいものがあってな」

「なんでございましょうか」

「……これを、君に」

そう言ってアレクシス様はスラックスのポケットから、布の袋を出した。ごつくて大きなアレクシス様の手のひらに載ると随分小さく見えるそれは、布は薄いピンク色できゅっと口を絞ったリボンは華やかな赤色だった。

渡しておきたいものというから、アジト調査に関係する何かかと思ったけれど……これはどう見ても、そっち系のものではない。

「……これは？」

「ええと、まあ……贈り物、というやつだ」

「お、贈り物……」

思わず声が裏返ってしまったのは……【一度目の人生】のことを思い出してしまったからだ。アレクシス様と結婚してから、贈り物らしい贈り物は一度ももらえなかったから……こうして差し出されてびっくりしてしまった。

まさか私に、と思うけれど、このラッピングはどう見ても女性向けのものだ。

「……いただいてもよろしいのですか？」

「ああ、リーゼにあげようと思って買ったんだ。……あ、ああ、もちろん俺の金で買った。城の経費ではないからな！」

私がお金に厳しいからか、アレクシス様は狼狽《うろた》えながら言った。アレクシス様のポケットマネーから出されたと言われると恐縮するけれど……経費で買ったと言われたら断固拒否しただろうから、ご判断は正しかったと言うべきだろうか。

おずおず受け取ったそれを開くと、中から小さな瓶が出てきた。小さくてそれほど高価ではないのはわかるけれど、しずく型の瓶は可愛くて上品な感じがする。

「これは……？」

「先ほど町の雑貨屋で見かけた、髪の保湿剤だ。今は乾燥している時季だから、リーゼのきれいな髪が傷んでいるかもしれないと思ってな。あまり高価なものではないのだが、寝る前にこの液体を塗っておくと髪が傷みにくくなるという。匂いも試しに嗅いでみたのだが、爽やかでよい香りだった。きっとリーゼも気に入るだろう」

「……」

アレクシス様は調子よく言うけれど……私は、何も言えなかった。

アレクシス様は私のために、この保湿剤を買ってくださった。今日一日馬車に揺られたり歩いたりして、私の髪が傷んでいるかもしれないと思って。

嬉しい、と、どうして、の二つの叫びが、私の心の中でせめぎ合っている。プレゼントをもらえて嬉しいけれど……どうして婚約者でもなんでもない私に、と戸惑う気持ちも大きい。

私が黙っているからか、アレクシス様はちょっと困ったように目線を逸らして頰を掻《か》いた。

「……そ、その。俺は女性に贈り物なんてほとんどしたことがないから、気に入ってもらえるかもわからなくて……。迷惑だったのなら、返してくれ。女性用ではあるが、俺が使おう」

「迷惑だなんて……そんなこと、絶対にありません」

ぎゅっと瓶を握りしめて、私はアレクシス様を見上げた。

「ありがとうございます。すごく……嬉しいです。今日、これを付けて寝ます」

「……ああ、そう言ってくれると俺も嬉しい」

私が前向きな気持ちで受け取ったからか、アレクシス様もほっとした様子で微笑んだ。

……好き、という心の声が、すんでのところで漏れそうになった。

私は、アレクシス様のことが好き。子どもの頃も、【一度目の人生】で冷たくされた頃も、そして……今も。

優しいあなたが好き。あなたの爽やかな笑顔が好き。大きな手のひらが、低く艶やかな声が、たくましい背中が……ずっとずっと、好き。

でも、それを口にすることはできない。今のアレクシス様は、私一人が占領していい方ではないから。

私は瓶の蓋を開けて、中の液体を少しだけ左の手の甲に落とした。ふわり、と香るのは柑橘《かんきつ》類のような爽やかで甘い香り。

「……いい匂いです」

「……それなら、よかった。それじゃあ、今日はゆっくり休んでくれ。明日も、よろしく」

「はい。……改めて、ありがとうございました、アレクシス様」

本当に……ありがとうございました。

あなたからの贈り物を、【一度目の人生】の私も……とても、喜んでいます。

翌日、宿を出発した私たちは森の奥で、例の井戸を見つけた。そこから崩れた石壁沿いに道をたどっていき、再び――違う、三度《みたび》、あのアジトまでやってきた。

「これは……中で、活動する者の気配がある」

「突入しますか、アレクシス様」

「ああ、突入しよう」

決断早い！　そんなところが、アレクシス様の魅力だけれどね！

……でも確かに、ここでじっと待っているから吉というわけでもない。いつ突入しても、「襲撃犯を雇ったのはデュルファー男爵である」ということはこのアジト内だけでは判明しない。だから、今が好機だ。

「皆、剣を抜け。……リーゼはここで待っていろ」

「いえ、私も行きます」

「リーゼ」

「私は、人を殺すためではなくて自分の身を守るためのものとして剣術を学びました。……私の剣では相手に傷を与えられなくても、最低限身を守ることはできます」

父から譲ってもらった剣を鞘《さや》から抜きながら、私はアレクシス様に言った。

父は、兄にも私にも剣術を教えてくれた。でも男である兄と違って私には、人を傷つけるための方法を教えてくれなかった。

『リーゼ。おまえは、人を殺す方法は知らなくていい。自分を、そして自分の大切な人を守るための技だけを学べ』

父に続き、兄も言っていた。

『女の子に武術は不要だとは、思わない。でも、僕とリーゼでは得意なことやできることが違う。リーゼはリーゼにできる形で、戦えばいい』

……私には騎士たちのような腕力はないし、私に扱える剣も細身で軽いものだけ。

でも、足手まといにはならない。それにもし、アレクシス様を狙う者がいても……守ってみせる。

アレクシス様は私の目を見ると何度かまばたきして、少し強張《こわば》っていた顔を緩めて微笑んだ。

「……わかった。では、リーゼ・キルシュ。俺の背中を守ってくれるか？」

「……！　は、はい！　お任せください、アレクシス様！」

……ああ、やっぱり私は、アレクシス様のことが好きだ。

好きだから守りたいし、好きだから……身の程をわきまえて、あなたの幸せを祈りたいと思っている。

先に騎士たちが突入して、遅れて私たちもアジトの方に向かった。

敵の数は……十人近い。騎士たちが私たちの前に立ちはだかるけれど、粗末な身なりの敵も既に武器を構えているし、アレクシス様を見て「あいつ、アレクシス・フェルマーだ！」と標的を定めていた。

「リーゼ、死ぬなよ！」

「はい！」

敵が、一斉に襲いかかってくる。

【一度目の人生】の情報によると、彼らは元盗賊だ。といっても元々一つの盗賊団だったわけではなくて、ソロで活動していた者たちを男爵が集めて辺境伯一行襲撃隊を作り上げたのだという。

そう、武器を手にした盗賊といえど、相手は連携が取れているわけではない。

それに元々彼らは、雪で足の鈍った騎士たちを襲撃するよう指示を受けている。だから、想定外の場所での——しかも予定よりずっと早いタイミングでの急襲に、耐えられるはずもない。

一人、二人、と騎士たちが盗賊を倒し、床に蹴倒していく。アレクシス様も負けじと剣を振るい、盗賊が持っていた半月刀を叩き落とし、みぞおちに強烈な拳の一撃を食らわせて壁際まで吹っ飛ばした。アレクシス様は豪胆な剣術が魅力だけれど、拳一つでも立ち回れるほどお強かった。

私もアレクシス様の背後を陣取って、辺境伯令息の首を取ろうとする者たちを牽制《けんせい》する。派手に動けない分、相手の動きをじっと見て身構える。半月刀を振りかぶってきても焦らず、その一撃を剣で受け止めた。

ギン、という鈍い鋼の音と重い一撃が手を痺れさせるけれど、負けない。そのまますっと剣を滑らせて身を捻ることで相手はバランスを崩して、半月刀がすかっと宙を掻く。大きな体が傾《かし》いだところで脛《すね》を蹴り飛ばして転がしたらアレクシス様がそいつを蹴倒したため、悲鳴を上げながらごろごろ転がっていった。

「上出来だ、リーゼ！」

「ありがとうございます！　……っ！　アレクシス様、横！」

「むっ……！」

アレクシス様が髪を掻き上げた隙に、剣を持った敵が左側から突撃してきた。

すぐに私はアレクシス様の横に回り、剣の一撃を受け止めた――けど、これは、かなり重い――！

「くっ……！」

「リーゼ、下がれ！」

押し負けられる、と覚悟した直後、アレクシス様の一閃《いっせん》が敵の剣を吹っ飛ばし、次いで顔面への左拳、剣を持ち替えての腹部への右拳と決まり、敵は「ぎょへっ！」のような悲鳴を上げて仰向けに倒れた。見ると、鼻血を出して気絶していた。

「……まったく。リーゼを押し倒そうなんぞ、百万年早い」

「アレクシス様！　すみません、お手数をおかけして……！」

尻餅をついていた私が立ち上がりつつ言うと、騎士たちに指示を出していたアレクシス様は私を見て、ふっと微笑んだ。さっきまで盗賊を殴り飛ばしていたとは同じ人とは思えない、優しい笑顔だ。

「君が無事なら、それでいい。……よし、これで全員倒したな。すぐに縛り上げて、可能な限り情報を吐かせよ」

「はっ！」

「後のことは我々がいたしますので、アレクシス様はリーゼ様と一緒に外でお休みください」

「ああ、そうさせてもらう」

「えっ？　いいのですか？」

何か手伝おうと思っていた私は思わずあたりを見回したけれど、手際よく盗賊たちを縛り上げながら皆は、「どうぞどうぞ」「むしろ、早く出ていってください」と促してきた。

……そうしていると、横から伸びてきた手が私の手首を掴んで、ぐいっと引き上げた。

「アレクシス様？」

「……手が、汚れているな。服にも泥が……」

「あ、はい。さっき尻餅をついてしまったので。……アレクシス様、なぜその人を蹴り飛ばしているのですか？」

「なんとなくだ。それより、この場は皆に任せて俺たちは外に出よう」

アレクシス様は鼻血を出して倒れている盗賊をげしっと蹴り飛ばしてから、こちらに笑みを向けて私の手を引いた。

……なんだかいろいろ気になることはあるけれどひとまず、襲撃犯たちを捕まえるという当初の目的は達成できたみたいだ。

✦

十分な手柄を持ち帰ったことで、私たちは皆から感謝された。

領内にならず者たちが集まり、リーデルシュタイン辺境伯家の者の命を狙っていた――ということが判明したので、辺境伯様もこれ以降警備を強化する方針を立てられたそうだ。

これで、【一度目の人生】のときよりも安全になったはずだ。

そして……アレクシス様は事後報告だけを終えると、すぐに王都に行ってしまわれた。

なんのご用事だろうか、と思って父に尋ねたけれど、なぜか渋い顔で口を濁された。

それじゃあ、ということで使用人たちから聞き取り調査をした結果、「アレクシス様は、婚約者候補の女性たちに会いに行かれたそうです」との情報を得た。

……。……そっか、そうだよね。

襲撃事件を防げたのだから、アレクシス様は昔のとおり優しい貴公子のまま。いよいよ、身を固める準備に入られたのだろう。

使用人曰く、辺境伯領で悪事を企んでいた者たちを成敗したことで、アレクシス様の評判が上がったそうだ。当然、婚約者候補の女性たちもいっそう熱を上げるだろうし……辺境伯領に戻ってきたアレクシス様が美しい女性を伴っている可能性も高いだろう、と皆噂《うわさ》している。

でも、私がアレクシス様にほのかな想いを寄せていると知っている一部の人だけは、気遣うような眼差しを送ってきた。父も……さすがにアレクシス様に恋していると言ったことはないけれど、だいたいのことは察しているはずだ。私の問いに対する答えをはぐらかしたのも、そのためだろう。

大丈夫、私は気にしない。気にしないように、頑張る。

アレクシス様が美しいご令嬢を連れて帰ったら、せいいっぱい祝福する。婚約披露式や結婚式にもちゃんと出席して――それから、退職する。

だから、大丈夫。

……と思っていたけれど。

✦

「失礼。あなたが、リーゼ・キルシュ？」

「……は、はい」

「そう。……」

「……」

「では、ごきげんよう」

「ご、ごきげんよう」

私はドレス姿の女性の背中を見送り、ついため息をこぼしてしまった。

彼女は先ほどいきなり私の前に現れ、じっと私を見つめてきたのだけれど……ドレス姿の見知らぬ女性たちに声をかけられて観察されるのは、実はこれで五回目だった。

女性たちは質素なドレスに身を包んで一般市民に身をやつしているつもりなのだろうけれど、全然隠せていない。私が見ても上流貴族階級のお嬢様だとわかる方々ばかりだ。

アレクシス様が辺境伯領を離れて半月ほど経過したけれど、なぜか私は二日おきくらいに女性たちに声をかけられていた。

もしかしなくても、彼女たちはアレクシス様の婚約者候補ではないか。アレクシス様の幼なじみという厄介な立ち位置にある私の噂を聞いて、「この泥臭い女狐《めぎつね》が！」と罵声を浴びせに来たのでは、と最初のうちは身構えていた。

でも彼女らは私に挨拶をしてじっくり観察するくらいで、それ以上何も言ってこなかった。それはそれで不気味だけれど、絡まれずに済んでいるのは幸運だ。

でも……これは一体、どういうことなんだろう？

疑問を積み重ねた私は六人目の女性に同じような振る舞いをされたため、とうとう思いきって尋ねることにした。豊かな金色の巻き毛を持つ彼女は、この六人の中でもとびきりの美女だ。つやのない濃い赤色のドレスに包まれた腰は細くて、それでいて胸は豊かに張っているのがうらやましい。私と同じくらいの年頃だろうけれど、いろいろな点で私とは違う方だった。

「あの、お嬢様。お尋ねしてもよろしいでしょうか」

「何？　……い、いえ、わたくしはお嬢様などではなくってよ！　平民の女でしてよ！」

申し訳ないけれど、そのような言葉遣いをする平民の女性は見たことがない。

「いえ、実は最近、あなたのような方に声をかけられることが多くて。心当たりもないので、不安になっておりまして」

心当たりはなくもないけれど相手の真意がわからないので、とぼけさせてもらった。すると女性はさっと開いた扇子——明らかに値打ち品だ——で口元を覆って、「まあ」と声を上げた。

「わたくし以外にも、同じことをする方が……？」

「ええ。あなたで六人目です」

「……そうですのね」

女性は何やら考え込んだ後に、さっと顔を上げた。そして見事な縦ロールを描く髪を軽く払い、ぱちんと閉ざした扇子の先で私の胸元を指してきた。

「リーゼ・キルシュ。いくつか、あなたに尋ねたいことがあるわ」

「はい、なんでございましょうか」

「……あなたは、どういう立場の人間なの？　そして、アレクシス・フェルマー様についてどう思っているの？」

——やはりこういうことを聞いてきたか、と私は後ろ手に組んでいた指をぎゅっと絡めた。

「私の兄がアレクシス様の乳兄弟でございまして、私は僭越《せんえつ》ながらアレクシス様のご幼少のみぎりよりお側で過ごさせていただきました。今は経理補佐の仕事をしており、臣下としてアレクシス様を敬愛しております」

「ふぅん。敬愛、ねえ……」

扇子の先でご自分の顎の先に触れた女性は、優美な眉を寄せた。

「ということはあなたは、主君であるアレクシス様の命令には絶対に従うのよね？」

「……その、つもりです」

「あの方の幸せも、願っているのかしら？」

「ええ、もちろんでございます」

これには自信を持ってうなずくことができた。

「私は幼い頃より敬愛申し上げているアレクシス様が幸せになられることを、何よりも願っております」

「……ほほほ」

「えっ？」

「ああ、いえ。お気になさらず」

女性はなぜか満足そうに笑うと、扇子をくるくると回した。

「今のその言葉、後で撤回しないでくださいまし」

「えっ？　は、はい、もちろんです」

「その言葉が聞けたなら、十分だわ。……ああ、そうそう。わたくし、フランツィスカと申します。ゲルタ王国フォルクヴァルツ侯爵家の娘です」

どうやらご自分の身分を隠すのはやめたようで、女性――フランツィスカ様は名乗ると、艶然と微笑んだ。

「わたくし、もうしばらくこちらに滞在する予定ですので、どうぞよしなに。これからもどうぞよろしくね、リーゼ・キルシュ」

「かしこまりました。ごゆっくりお過ごしくださいい、フランツィスカ様」

私はお辞儀をして、鼻歌交じりに去っていったフランツィスカ様のお見送りをした。

……。……なんとか冷静に見送れたけれど、心臓は無茶苦茶な速度で拍動しているし、手汗もひどい。

きっと高位貴族のご令嬢だろうとは思っていたけれど……まさかの、侯爵家のお方だったなんて！　しかもフォルクヴァルツ侯爵家の名前はアレクシス様の婚約者候補の一人として聞いたことがあったから、案の定といったところだ。

……さては、フランツィスカ様がアレクシス様に選ばれたのだろうか。だからフランツィスカ様は私の素性をお尋ねになり、私がアレクシス様の命令に従うかどうかやアレクシス様の幸せを願っているのかどうかについて、聞かれたのかもしれない。

となると、最後の「これからもどうぞよろしく」の意味もしっくりくる。フランツィスカ様が嫁いでこられたら必然的に、私も彼女にお仕えする立場になるからだ。

そう考えると、これからもしばらくここに滞在するというのもいずれ嫁ぐ先の土地に慣れるためだろうと、すぐに予想できた。つまりフランツィスカ様は、辺境伯家に嫁ぐ準備を始めているということだ。

フランツィスカ様は、とてもお美しい方だった。侯爵令嬢で気品があり、しかも私のような平民だからといって雑に扱ったりしない。なるほど、アレクシス様の奥方として仰ぎたくなるような魅力をお持ちだった。

……アレクシス様が選んだのがフランツィスカ様なら、私も諦めがつくかもしれない。こんな素敵な方に対してライバル心を抱こうなんて、思えるはずもない。きっと、アレクシス様への未練もすっぱり断ち切れるはず。

「……うん？」

とぼとぼと城に向かっていた私はふと、視線を感じて足を止めた。顔を上げた先、城の庭園付近に、うろうろするドレス姿の女性の影が。

……あれは、フランツィスカ様ではない。私の記憶が正しければ、三番目に私に声をかけて観察してきた女性だ。きっと彼女もどこかの貴族の令嬢で、アレクシス様の婚約者候補――

「……あれ？　おかしくない？」

つい、声に出てしまった。

フランツィスカ様のご様子から、アレクシス様の花嫁に選ばれたのはフランツィスカ様だと思っていた。でもそうだとしたら、他の婚約者候補の皆様もまだ近くにいるというのは、変ではないかな……？

私がぼんやりと見ていると、彼女とフランツィスカ様が合流した。お二人は何か言葉を交わした後、少し離れたところから見ていた私の方をちらっと見てから……二人そろってどこかに行ってしまわれた。

……。……あれ、おかしいよね？　今のは、元婚約者候補と婚約内定者が取る行動ではないよね？

フランツィスカ様にしても、他の方にしても……一体何が目的なのだろうか？

✦

令嬢たちによる連続訪問を受け、最後にフランツィスカ様とお話をしてから、約十日後。

アレクシス様が、帰還なさった。

「おかえりなさいませ、アレクシス様！」

「お帰りをお待ちしておりました！」

「ああ。皆、出迎え感謝する」

立派な軍馬に跨《また》がって城門をくぐったアレクシス様を、騎士や使用人が総出で出迎える。

主人のご子息だからというのもあるけれどそれ以上に、アレクシス様のご無事な姿を確認したい、という本心からの行動だからだろう。本当に、アレクシス様の人徳と人気者っぷりが見て取れるようだ。

一方の私は、ちょっと離れたところからその様子を見ていた。本当はもうちょっと近くに行きたかったけれど……フランツィスカ様含めた例の令嬢たちの姿もあり、アレクシス様をじっと見ている様子だった。だから、出るに出られなかった。

玄関前には辺境伯様もいらっしゃって、約一か月ぶりに帰ってきた息子を出迎えられた。

「よくぞ戻った、アレクシス。万事うまくいったか？」

皆が静かになったので、辺境伯様の朗々とした声がここまで聞こえてくる。

万事うまくいったか……ということは、アレクシス様はやっぱり、奥方を決めるために王都に行かれたんだろう。

……胸が痛いのは、気のせいだ。

「はい。ご令嬢方の屋敷を全て訪問し、事の次第を伝えて参りました。どの家からも諾の返事をいただいております」

アレクシス様ははっきりと言うけれど……うん？　なんかちょっと、おかしくない？

もしアレクシス様が奥方をフランツィスカ様に定められたのなら、「どの家からも諾の返事をいただいた」というのは妙な気がする。

私がそわそわとする中、アレクシス様はあたりをきょろきょろ見回して――物陰に隠れていた私にばしっと視線を定めると、「リーゼ!」と大声を上げた。

……え?　私?

え、あの、ちょっと、どうして皆、必死の形相で私の方に来るの⁉　どうして私をアレクシス様の前まで連行していくのー⁉

あっという間に物陰から玄関前まで引きずり出された私は、呆然とアレクシス様の顔を見上げることしかできない。アレクシス様は笑顔で、視界の端に見える辺境伯様も微笑んでいるけれど……気分は、処刑台に引っ立てられた罪人だ。こんなの、公開処刑以外の何物でもない。

「リーゼ、会いたかった!」

「うぇぉ、お、おかえりなさいませ、アレクシス様……」

「ああ、ただいま!」

アレクシス様は弾《はじ》けんばかりの笑顔で応えると、ずかずかと私の目の前までやってきて――その場に、跪いた。

「皆も、聞いてくれ。……俺は、一生を共に過ごしたいと思える女性に巡り会えた。いや、ずっと側にいてくれた女性の魅力に改めて気づき、何度目かわからぬ恋に落ちたと表現するべきだろうか」

「……ぉ?」

わけわからん状態の私を差し置き、周りの人たちから無言の熱気が立ち上ってくる気配を感じる。

皆、目を輝かせて私を見ていて……ちょっと離れたところにいるフランツィスカ様たちまで、身を乗り出して私たちの方を凝視していた。

え、いや、やめてほしいのですけれど？

それにこれって、いや、まさか……？

「――リーゼ・キルシュ」

「ひゅあぃっ⁉」

「どうか、俺の妻となって共にリーデルシュタインの地を守ってくれないか」

……。

…………。

…………はい？

きゃあ！　と誰かが黄色い声を上げたのを皮切りに、いいぞいいぞ！　と誰かがはやし立て始める。周りの観客たちは勝手に大盛り上がりしているけれど、私はこのノリについていけていなかった。

つま、妻……私がアレクシス様の、妻に⁉

「な、なぜそんなことになるのですか⁉」

「俺が君を愛しているからだ」

顔を上げたアレクシス様が美貌に真剣な色を乗せて私を見つめてくるものだから、これまでなんとかねじ伏せていた私の恋心が歓喜の悲鳴を上げて、心を揺さぶってくる。

私、私は……アレクシス様に、愛されている？　共にリーデルシュタインの地を治めたいと、願われている⁉

「……そんな、はずは。だって、アレクシス様は、私のことがお嫌いなのでは……？」

「は？」

「ひえっ」

「……リーゼ。そのような大ぼらを吹いたのは、どこの誰だ？　君を叱ったりはしないから、教えてくれ。その不届き者を縛り上げて、君に戯言《ざれごと》を吹き込んだことを一生後悔するくらいきつく絞めてやろう」

アレクシス様、真剣な顔で物騒なことを言わないでください。それにそれを実現するとしたら、アレクシス様はご自分の首を絞めなければならないのですよ。

……いや、でも、今私の目の前にいるのは、【一度目の人生】のアレクシス様ではない。あのアレクシス様はすっかり病んでいたし、私に限らず周りの人間に対しても不信感を抱いていたし……。

もしかして、もしかしなくても、こっちがアレクシス様の本音……なのだろうか？

「……アレクシス様が、私を、愛して……？」

「ああ、子どもの頃からずっと、愛《いと》おしいと思っていた。だが……この前の争乱で、わかった。俺は、俺の背中を守り共に戦ってくれる君だから、妻に迎えたい。この先に何があろうと、君が側にいれば俺はどこまでも強くなれるし、どのような強敵にも立ち向かえる。君となら、幸せになれる」

アレクシス様の言葉に、私は目を見開いてしまう。

……リーデルシュタイン領は、隣国に接している。内乱の絶えない隣国からは亡命者だけでなく、ならず者が乗り込んでくることもあるから——辺境伯一族は、強くなければならない。

アレクシス様は、剣を手にできる私を求めてくださった。身分も美貌も爵位もない私だけど……私だからこそ、必要としてくださっている……？

それは……とても、嬉しい。私はずっと、アレクシス様のお役に立ちたかったから。

でも、それはそれ、これはこれ、だ！

「し、しかしアレクシス様には、婚約者候補のご令嬢が……」

「ああ、彼女らなら全員断りをしてきた」

「ええっ⁉」

「そのために一か月、王都にいたんだ。……騎士爵の娘を娶りたいと申し出ると、怪訝な顔をされることもあった。だが皆に南方地域でリーゼと共闘したことを告げると、納得していただけた。剣術をたしなむ健康な女性だと次期辺境伯との相性もよかろう、とな」

「……」

「……どうやら数名の令嬢は、リーゼの様子を見るためにここにいらしているようだが、皆、俺と君との結婚に賛成してくださった」

「……」

……アレクシス様の言葉に、ふと、フランツィスカ様とのやり取りが思い出された。

『……あなたは、どういう立場の人間なの？　そして、アレクシス・フェルマー様についてどう思っているの？』

あれはもしかして、アレクシス様に見初められた私の素性を知るための、質問だった？

『あなたは、主君であるアレクシス様の命令には絶対に従うのよね？』

あれはもしかして、アレクシス様にプロポーズされても私が断ったりしないように言質《げんち》を取るためだった？

『あの方の幸せも、願っているのかしら？』

あれはもしかして……私と結婚することがアレクシス様にとっての幸せなのだと、知った上での質問だった……？

ちら、と遠くを見ると、さっきよりも近くまで迫ってきていた令嬢方が大きくうなずいた。彼女らの中央にいたフランツィスカ様は私と視線がぶつかると、にっこりと微笑んだ。

『今のその言葉、後で撤回しないでくださいまし』

まるでとどめを刺すかのように、フランツィスカ様の言葉が私の頭の中で響いた。

ふらふらしそうになる私をじっと見ていたアレクシス様が、「リーゼ」と静かな声で名を呼んできた。

「君が俺のことを少しでも好きでいてくれるのなら、うなずいてほしい。……俺と結婚してくれないか？」

アレクシス様が、切なそうな――それでいてはっきりとした情熱を秘めた眼差しで、私を見上げてくる。

私は、私は……この眼差しに、弱かった。いつでも凛《りん》としているあなたのことが、【一度目の人生】のときから……ずっと、大好きだった。

アレクシス様は、私と一緒なら幸せになれるとおっしゃった。

それなら。

アレクシス様を幸せにしたいと思う、私がするべき返事は……。

「……はい」

「……！　リーゼ、ああ、ありがとう！」

アレクシス様が立ち上がって私をぎゅうっと抱きしめると同時に、周りの人たちも大歓声を上げた。

おめでとうございます、アレクシス様、リーゼ様、という大喝采の中、誰が持ってきたのかわからないけれど笛や太鼓が鳴らされ、拍手が巻き起こる。

……満足そうに笑う辺境伯様の隣に、いつの間にか父が立っていた。どうやら出遅れたらしい父は怪訝そうな顔で辺境伯様に何事か尋ね――返事を聞くなり、ころんとその場に倒れてしまった。

「あ……」

「リーゼ、今は俺だけを見ていてくれ」

どうやらアレクシス様は自分の背後で騎士団長が倒れ込んだことに気づいていないようで、私の頬を片手で押さえ、とろりと甘い言葉と眼差しを送ってきた。

……父は騎士たちに抱えられていったし、周りも歓迎ムードだし……私も、なんだかんだ言って嬉しいし。

「アレクシス様」

「ああ」

「……私、幸せになります」

【一度目の人生】では誰もが辛《つら》い思いをしたのだから、今回は皆が幸せになれる道を模索したい。

人生をやり直していることは、アレクシス様にも言えない。でも、これからはアレクシス様も一緒に、幸せへの道を考えてくれるはず。

こんなつもりではなかったけれど、【二度目の人生】での私は、私たちにしかできないやり方で幸せになれる。そう思っている。

3章 恋する婚約者たち

私の名前は、リーゼ・キルシュ。

父親のヨナタン・キルシュは騎士爵を賜っており、リーデルシュタイン辺境伯家の騎士団長を務めている。頭が固くて口うるさいから私とはしょっちゅう喧嘩をしてしまうけれど、騎士としての姿勢は素晴らしいと思う。

母親のエリーザベト・キルシュは辺境伯領の平民階級出身で、父とは大恋愛の末に結婚したらしい。信じられないけれど。第一子である私の兄が辺境伯家令息であるアレクシス様とほぼ同時期に生まれたので、母は辺境伯令息の乳母を務めた。

兄のリヒャルト・キルシュはアレクシス様の乳兄弟で、共に勉学や鍛錬を行ってきた。現在は辺境伯領を離れ、王国騎士団員として王都で働いている。二年ほど前に結婚していて、私の義姉と甥っ子と一緒に暮らしている。

そして妹の私は、現在十八歳。リーデルシュタイン城の経理補佐として、城の経費管理や会計などを担当している。書類作成や算術は得意な方で、最低限の剣術や乗馬術も身につけている。

私は一度、二十歳で死亡した――はずだ。

でも二十歳まで生きた記憶を持ったまま、私は十八歳の秋に逆戻りした。そして、誰一人として幸せになれなかったあの未来を変えようと、秋から初冬にかけて努力してきた。

私の一番の願いは、主君であり初恋の人でもあるアレクシス様が幸せになること。

【一度目の人生】のときのように仕方なく私と結婚し、愛のない日々を過ごすのではなくて、アレクシス様の身分にふさわしい令嬢を奥方に迎えて幸福に暮らしてほしかった。

だから自分の恋心は抑え込もうと思っていたけれど、なんの因果か、私はアレクシス様からプロポーズされてしまった。しかも、ずっと私のことが好きだったという熱烈な告白付きで。

【一度目の人生】でのアレクシス様の言動とはあまりにも違うので驚いたけれど、実際に私はアレクシス様に愛されているようだし……私も、【一度目の人生】でぞんざいな扱いをされて挙げ句の果てに斬り捨てられたとしても、アレクシス様のことが嫌いにはなれなかった。

私も、アレクシス様と一緒に暮らしたい。

一緒に幸せになって、このリーデルシュタインの地を守っていきたい。

そうして私はおっかなびっくりしつつアレクシス様の求婚を受け入れて、彼の婚約者になったのだった。

私はアレクシス様の婚約者になったけれど、だからといって日常がすぐに大きく変わるわけではない。

私は経理補佐の仕事が気に入っていて、結婚するまでは経理部で働き続けたいと思っている。もちろん、辺境伯夫人として必要な知識を身につけるための勉強もするし、淑女教育も受ける。そう申し出るとアレクシス様は、「リーゼのしたいようにすればいい」と言ってくださった。

ということで、アレクシス様と一緒に書いた婚約宣誓書を教会に提出した翌日、私はいつも通り仕度をして経理部に向かったのだけれど――

「おめでとー、リーゼ！」

「皆、整列！　次期辺境伯夫人様のご出勤だ！」

「リーゼ、おめでとう！　幸せになってね！」

「……」

……ええと。皆、なんでこんなにはしゃいでいるのだろう？

職場に入るなり私は大歓迎され、なぜか皆が整列して花道を作る中、デスクに案内された。

私のデスクの上には大量の贈り物が載せられていて、デスクの天板部分が見えなくなっていた。

「……これは？」

「皆からリーゼへのお祝いよ」

「そ、それはありがとうございます。でも、ここまでしてもらうことはないかと……」

「あら、可愛いリーゼのおめでたいお話なのだから、お祝いして当然でしょう？」

そう言って、同僚や上司たちが笑った。経理部は女性の比率が高いからか、デスクの上の品々も可愛らしいラッピングのものが多かった。

……まあ確かに、辺境伯夫人というのはこのリーデルシュタイン領で最高の身分を持つ女性だけれど……そうなるのはまだまだ先の話で、今の私はただの騎士の娘、経理補佐なのだけれど。

「ええと、お気持ちはすごく嬉しいです。でも、あまりにも仰々しく扱われると仕事がしにくくなりますので、せめて結婚まではいつも通りに接してください」

「いいの？」

「ええ、むしろお願いします」

「うん、それじゃあ了解」

そう言って上司が「リーゼは、いつも通りを希望よー」と手を打つと、それまではしゃいでいた同僚たちはすっと通常のテンションに戻ってそれぞれのデスクに向かった。経理は真面目でお堅い印象を持たれがちだけれど、案外皆ノリがよくて楽しいことが大好き、でもメリハリはある人たちだった。

とりあえず贈り物はありがたく受け取っておき、いつも通りの仕事をする。

でも、仕上げた書類の最後に「リーゼ・キルシュ」とサインをしたときに、もう一年もすると私の名前は「リーゼ・フェルマー」になるのだな……と思うと、少しだけ気恥ずかしいような気持ちになってきた。


私たちのように朝から出勤している者は、夕方には上がることになっている。後のことは遅出の人たちに任せ、私は同僚と一緒に経理部を出た——のだけれど。

「リーゼ！」

「えっ？」

「まあっ！　リーゼ、未来の旦那様がいらっしゃっているわよ！」

愛しい人の声が聞こえてきたので振り返ると、本城の方から歩いてくるアレクシス様の姿が。今日はシェルツ子爵として公務をしていたのか髪を結んでいて、服装もおしゃれなジャケットとスラックスというデスクワーク用のものだった。

「アレクシス様！　どうかなさったのですか？」

「そろそろリーゼの仕事が終わる時間かと思ってな、下りてきたんだ」

私の質問に答えたアレクシス様は、穏やかに微笑んだ。昔から大好きな笑顔を見られて、私の胸は甘くときめく。

「その……君さえよければこれから、少し歩かないか？」

「歩く……ですか？」

「ああ。晴れて婚約して……恋人となった君と、過ごしたくて」

アレクシス様が照れながら言った途端、同僚たちはきゃぁっと悲鳴を上げたし私の顔は一気に熱くなった。

……そ、そうだ。私たちは昨日、結婚を約束した恋人同士という間柄になったんだ。婚約者、というとあっさりとした事務的な印象があるけれど、恋人と言われると……嬉しいようなくすぐったいような気持ちになってくる。

アレクシス様は興奮気味の同僚たちを見て、少し眉を下げた。

「そういうことで、少しリーゼを借りてもよいだろうか」

「はっ、はい！　もちろんです！」

「どうぞどうぞ、ごゆっくりお過ごしください！」

そう言いながらささっと距離を取った彼女らは、「また明日ね！」と私に言うと足早に去っていった。去りながら皆が興奮気味におしゃべりをしている声が、聞こえてくる。

この場には私とアレクシス様が残され……んんっ、とアレクシス様が咳払いをした。

「……ええと。そういうことだから、リーゼ。少し散歩でもしようか」

「は、はい。喜んで」

アレクシス様が大きな手を差し出してきたので、右手を載せた。私の手は女性の標準サイズでアレクシス様の手は男性の標準よりずっと大きいから、優しく握られると私の手はすっぽり包まれてしまった。

……私、今、アレクシス様と手をつないで歩いている。すれ違った人たちは最初、アレクシス様を見ると挨拶をして寄ってきたけれど、彼と私が手を取り合っていることに気づくと、はっとした様子で去っていった。

散歩の邪魔をするまいと、気を利かせてくれたのだろうけれど……これは、さすがに、恥ずかしい。でも、つないだこの手を離そうとは思わない。

「……おや。覚えているかな、リーゼ」

「は、はい？」

アレクシス様が足を止めたので顔を上げると、彼はある一点を指さしていた。その先にあるのは、晩秋を迎えてすっかり葉を落とした広葉樹。

「俺が六歳くらいで、リーゼが三歳くらいの頃のことだったかな。よくあの木に鳥が巣を作っていて、一緒に見たことがあるんだが……」

「……」

私は目を瞬かせ、今は鳥も巣もない木を見上げた。

もちろん、覚えている。だってそれは、私の記憶の中にある中では一番古い、アレクシス様との思い出なのだから。

アレクシス様が大きな背中に私を背負ってくださり、一緒に鳥のつがいを観察した。そのときの話の内容は……確か。

「……私も鳥の夫婦のように、ずっとアレクシス様と一緒にいたい、って話した気がします」

私がそう言うと、振り返ったアレクシス様は頬に嬉しそうな笑みを浮かべた。

「ああ、そうだ。つがいの鳥のように、ずっと仲よしでいよう。……そんなことを話したな」

「……はい」

「だが、まさかその頃の約束がこんな形で叶うとは……思っていなかった」

アレクシス様は感慨深そうに言ってから、「なあ」とひどく優しい声で私を呼んだ。

「あの頃のリーゼはまだ小さかったから、俺と一緒にいるといってもただ単に幼なじみとして一緒にいる、という思いで言ったんだろう。でも……俺は違った」

「……」

「子どもながらに、思っていたんだ。もし俺が結婚することとなったら、その相手はリーゼがいい。リーゼと一緒になりたいと思っていたんだ」

「……うそっ」

「えっ？」

「あ、いえ……子どもの頃からそこまで思っていただけていたなんて、とちょっとびっくりしちゃって」

つい、訝《いぶか》しむような声を上げてしまいアレクシス様が不安そうな顔になったので、慌てて言い訳をする。

だって……あなた、【一度目の人生】でおっしゃったでしょう。リーゼとだけは結婚したくなかった、って。実際、あなたは妻となった私に対してそっけなくて、子どもができたらいっそう距離を取ったでしょう。

そんなことを考えてしまったけれど……ううん、違う。【一度目の人生】のアレクシス様は親しい人たちをたくさん亡くし、自責の念に駆られていた。だからきっと、思ってもいないことを口にしてしまっただけ。アレクシス様の本当の気持ちは、こっちのはず。

ぐるぐる考え込む私だけどアレクシス様は苦し紛れの言い訳に納得したようで、ほっとした様子で息をついた。

「はは、自分でもびっくりだ。だが、俺の初恋の相手は間違いなくリーゼだ。ある程度の年になったら俺たちも相応の距離を保つようになったし、俺も王都に行ったりして君の側にいないことが多くなった。だが……久しぶりに君に会うたびに、君は美しく成長していた。君に触れたくて手を伸ばしかけたことも、何度もあったんだ」

「そ、そうなのですか？」

「ああ。だがたいてい俺の側にはリヒャルトがいて目を光らせていたし、ヨナタンもなんだかんだ言って君のことを大切にしているから、踏みとどまっていた。それに……下手に手を出して悲しむのは、君の方だからな」

ひゅう、と冬の香りを孕《はら》みつつある風が、私たちの間を吹き抜ける。私を見つめるアレクシス様の緑色の目は、穏やかに凪《な》いでいた。

「だから、本当に嬉しいんだ。俺は、幼い頃に君と一緒に見たあの鳥たちのように、寄り添いあう夫婦になれる。誰も、俺たちの結婚を妨げたりしない——いや、もしそんなものが現れたとしても、俺が全力で君を守る」

「アレクシス様……」

ぐっ、と胸の奥から熱いものがこみ上げてくるようで、私は胸に手を当てた。

……そう、これがアレクシス様。私が子どもの頃からお慕いしている方だ。たとえ【一度目の人生】では愛されなかったとしても、私が今見つめているのはこのお優しいアレクシス様だ。子どもの頃から私を守り、愛してくれた人だ。

……でも。

「……ありがとうございます。でも、それだけだと嫌です」

「お、俺では力不足か？　ううむ……それならもっと鍛錬の時間を取るべきか……」

「そうじゃありませんよ。私、守られっぱなしにはなりたくないのです」

私は、剣を習っている。といっても腕力も剣術の才能も騎士たちには到底及ばなくて、あの廃屋での戦いでも押し倒されそうになったりした。

でも、それ以外でもアレクシス様を守り、支えることはできるはず。

「私、あなたに頼ってもらえるような妻になりたいです。戦闘面では……さすがにアレクシス様に勝つことはできないでしょうが。もしあなたが困ったときや悩みがあるときとかに、こう、どんっと構えてあなたを受け止められるようになりたいのです」

こう、と両腕を大きく広げるジェスチャー付きで言うと、最初はきょとんとしていたアレクシス様が小さく噴き出した。

「なるほど。確かに君はしっかり者で、そういうところが魅力的だったな」

「お褒めにあずかり光栄です。……だから、たまには私も頼ってくださいね？」

「ああ、そうさせてもらう。そして俺はリーゼが俺を精神的に支えてくれるように、華奢《きゃしゃ》な君が倒れたりしないように支えよう」

「ええと……とても嬉しいのですが、私、わりと頑丈ですよ？」

「何を言うか。ほら、君の腕はこんなにも細くて体も小さくて……俺が不用意に触れたら、折れてしまいそうだ」

アレクシス様はそう言いながら、私の腕をそっと撫でた。

……大丈夫です。私、簡単には折れたりしません。【一度目の人生】でも……あなたを受け止めることが、できていたのですから。

それでも、最後の最後で私はあなたを支えきれなかった。あなたが振り下ろした剣を避《よ》けられず、一閃を浴びて――あなたに辛い思いをさせてしまった。

だから、もっと強くなりたい。あなたを支え、守り、励ませる妻になりたい。

私が微笑んでアレクシス様の腕をそっと撫でると、やがて彼もふんわりと笑ってくださった。そのまま私の肩を抱き、西の地平線に沈みゆく夕日を見つめる。

「……夕日がきれいだな」

「ええ、まぶしすぎなくて、ちょうどいい感じに見えますね」

「……毎日のように見てきた太陽が今日は特別美しいと思えるのは、隣にリーゼがいるからだろうか」

「まあ……詩人なことをおっしゃるのですね」

「戦士も愛する女性の前では、詩人になるものさ」

そう言ったアレクシス様と私の視線がぶつかり……二人同時に、ふふっと笑った。

「リーゼ」

「はい」

アレクシス様が長身を屈《かが》め、こつ、と私の額にご自分のそれをぶつけた。

「……愛している」

「……私も。お慕いしています、アレクシス様」

至近距離で見つめたアレクシス様の笑顔は、とてもまぶしかった。

✦

尖塔《せんとう》にある鐘が鳴り響き、リーデルシュタイン城に時刻を知らせる。

「お疲れ様です。お先に失礼します」

私がバッグを抱えて席を立つと、向かいの席で予算案の確認をしていた同僚たちが顔を上げた。

「あっ、お疲れ、リーゼ。今日はもう上がりだったたっけ？」

「何か用事でもあるの？」

「ううん、たまには体を動かしてからゆっくりしようと思って」

尋ねてくる同僚たちに、そう答える。すると皆は、あからさまにがっかりした顔になった。

「えー、なんだ。アレクシス様とデートするのかと思ったのに」

「それなら、私たちもメイクを手伝ってあげようと思ったのにねえ」

「きっ、今日はそういうのじゃないわ」

慌てて言うけれど、皆はにやっと笑った。

「今日は？　……ああ、そっか。前は仕事上がりにアレクシス様に誘われて、お散歩に行ったそうじゃない？」

「そうそう！　二人仲よく手をつないで行っちゃってさぁ」

「次の日のリーゼ、明らかに浮かれていたものねー」

「も、もう、いいでしょう、別にっ！」

からかってくる同僚たちに背を向けると、「また明日ねー」と朗らかに挨拶をされた。私も彼女らに挨拶をして、上司に退勤報告をしてから経理部の棟を出る。そして一旦部屋に戻り、経理部の制服から簡素な運動着に着替えた。

「おかえりなさいませ、リーゼ様」

「ただいま、マリー。着替えをしたらすぐに出かけるわ」

私が髪をまとめていると、若いメイド――マリーが部屋に顔を覗かせた。彼女は少し前まではリーデルシュタイン城勤めのメイドたち共通のシンプルなお仕着せを着ていたけれど、今着ているものは少しだけデザインが華やかになっている。

マリーは、先日昇格した。私が辺境伯夫人として内定した際に、専属のメイドを何人か付けることになり、そこでマリーが熱心に立候補したのだ。

マリーはまだ十四歳で、立候補したメイドの中では最年少だった。少しおっちょこちょいでドジなところもあるけれど愛想はいいし、何よりも仕事ぶりがとても丁寧だった。そういうことで彼女はメイド長の厳しい審査を経た結果、「次期辺境伯夫人付メイド候補」として、お試しとして私の側で働くようになったのだった。

かつては少女らしいお下げにまとめていた濃茶色の髪は、くるりとまとめてキャップの中に入れている。昇格を機に化粧も始めたようで、日によって化粧がすごく濃かったりすごく薄かったりとムラはあるけれど、私付きになるために努力している証《あかし》なので私も微笑ましく見守っていた。

私が脱いだ服をたたんで洗濯用の籠に入れていたマリーは「かしこまりました」と礼儀正しく言った後に、瞳をきらりと輝かせた。

「……ええと。もしかしてもしかして、そちらでアレクシス様と落ち合ったりしますか？」

「もう、そういうのじゃないわよ。運動よ、運動」

明らかにからかっている同僚と違いマリーは本当に純粋に尋ねてきているので、ムキになることもなく笑顔で答えた。

「だから、メイクとかもしていかないわ。タオルの準備だけお願いね」

「あっ、はい、了解です！」

マリーから受け取ったタオルをバッグに入れて、私は訓練場に向かった。まだ時刻は夕方になる手前なので、外は真昼のときよりは気温が下がっていて風も心地よい、絶好の運動日和《びより》だ。

私は仕事こそ事務系だけれど、インドア派というわけではない。体を動かすのは好きな方だし、書類仕事ばかりして体が凝り固まったときには運動も兼ねて、城の訓練場で騎士たちと一緒に打ち合ったりしていた。

……同僚やマリーにはああ言ったけれど、かつての私は訓練場に行くときにはっきりとした下心を抱えていた。それはもちろん、騎士団に行けばアレクシス様に会えるかもしれない、という願いだ。

彼と結ばれることなんてないと諦めていた頃は、それでもいいからお姿を見たくて、「体を動かしたいから」ということを口実にして騎士団に行くこともあった。もちろんいつもアレクシス様に会えるわけではなくて、むしろハズレの日の方が多かった。

だからこそ、偶然アレクシス様と訓練場で会えたときはとても嬉しかった。見習い騎士の少年たちと一緒に練習試合をしながら、私は遠くで特訓をするアレクシス様の背中を見ていた。勇猛果敢に打ち合ったり部下たちを指揮したりする姿を見て、運動後以外の理由で胸が高鳴りっぱなしになっていた。

いつも念のために多めのタオルを持っていっていて、汗をかいているアレクシス様に一つお渡しする。アレクシス様は私に優しくしてくれたから、いつも「ありがとう」と言って笑顔でタオルを受け取ってくれた。

幼い頃のようにべたべた触れられなくなってから、私はこうしたアレクシス様との小さな関わりを必死になって求めていた。

姿を見られるだけで、嬉しい。声をかけられたら、舞い上がりそうなほど嬉しい。髪に付いていた落ち葉をそっと払ってもらったりした日には――ときめきのあまり、夜も寝付けないくらいだった。

我ながら、けなげに振る舞っていたことと思う。過去の私が今の私の状況を知れば、目を剝いて倒れるかもしれない。

「お邪魔します」

「ああ、リーゼか。今日はアレクシス様はいないのだが……いいのか？」

「はい。運動をしようと思って来たので」

私が騎士団詰め所に行くと、大柄な中年男性が迎えてくれた。彼は父の同期で、今では騎士団長である父の右腕として活躍している。

……【一度目の人生】の襲撃事件では、彼も犠牲になった。馬車道を塞ぐ雪を除こうとしていたので剣を持っていなくて、あっさり首を刎《は》ねられてしまった――と、生き残った騎士が教えてくれた。

そんな彼も、こうして生きている。今年の冬の終わりには娘さんが出産するそうで、初孫の顔を見に行く予定だと嬉しそうに語っていた。【一度目の人生】では父親の死にショックを受けた娘さんが体調を崩して、お腹の子が育たなくなってしまったと聞いていたから……彼の元気な姿が見られて、本当によかった。

「今日も見習いと稽古するか？」

「はい。……この前実施した秋の入団試験の合格者には、なかなか骨のある少年たちが多いそうですね」

「ああ、そうなんだよ。間違いなく一か月前に、アレクシス様……とリーゼが活躍した影響だな」

男性に言われて、私は苦笑した。

ゲルタ王国の国境を守るリーデルシュタイン辺境伯騎士団は、騎士の育成にも熱心だ。見習いたちの中には成長してからもリーデルシュタインに残る者もいれば、私の兄のように王国騎士団からスカウトされてそちらに行く者もいる。

元々リーデルシュタインの騎士たちの士気は高くて、訓練にも熱心な人が多い。それにしても、私も経理として諸事務を行ったこの前の入団試験の倍率は、これまでにないほどだった。

しかも志願者たちの熱意も高くて、「アレクシス様に憧れて参りました！」と言う若者の多いこと。貴族のお坊ちゃんであり子爵でもあるアレクシス様が自らならず者退治をしたというのがよほど響いたようで、何よりだ。……私のことは、案内人その一として放っておいてくれればいい。

詰め所の控え室に荷物を置いて、訓練場に向かった。騎士たちは体を動かしていて体温が上がっているようで、上着を脱いで薄手のシャツ一枚で打ち合ったり上半身裸で特訓したりしていた。ちなみに私はこういう光景を見慣れているし、実家でもよく父や兄が上半身裸でうろうろしていたので、下さえ穿《は》いてくれていれば平気だ。

……まあ、【一度目の人生】ではアレクシス様と夫婦としていろいろしたけれど……それはそれ、これはこれ、だ！

リーデルシュタイン騎士団は最前線で戦う場面が多いこともあり、女性の入団は受け付けていない。でも、私のように騎士にはならなくても護身として剣術を身につけたい、運動したい、という人は多いので、そういう人でも気楽に出入りできるようになっている。今見る限りでも、ちらほらと女性の姿が見えた。

さて、先日入団した若い騎士見習いと手合わせでもしようかな。私は基本的に、「避けて、かわす」戦法を採る。騎士の練習相手としてはいい意味でいやらしいタイプだから、新人の手合わせ相手として結構好評だ。

ちょうど少年たちが模擬試合を始めるらしく相手を探している様子だったので、そちらに向かった。

「こんにちは！　私も参加してもいいでしょうか？」

「……え？　なぜ女性が？」

「だめですよ。女性はあっちで訓練してください」

私が挨拶するとまだ十代半ばだろう少年たちは困った顔になって、一般女性が剣の素振りをしている方を示してきた。どうやら彼らは私のことを、運動がてら飛び込み参加したお嬢さんだと思っているようだ。

「いいえ、私はたびたびこちらで試合に参加してきたので。遠慮なさらずかかってきてくださって、結構ですよ」

「え、ええと……でも、うっかり怪我でもさせたら俺たち、困りますし……」

「俺たち、馬鹿力なんで。お姉さんを泣かせたりしたら、騎士団長に叱られますよ……」

そう言う彼らは、目の前にいるのがその騎士団長の娘で――実家でしょっちゅう父親と怒鳴り合いの喧嘩をするじゃじゃ馬だとは気づいていないようだ。もちろん、私がアレクシス様の婚約者であることを知るよしもない。

「大丈夫ですよ。私、ちょっとやそっとでは泣いたりしませんし、どーんとかかってきてくれた方が嬉しいので」

「……へえ。それなら、俺が行きますよ」

なおもまごまごする少年たちの中から進み出たのは、すらっとした体軀《たいく》の見習い騎士だった。ここにいる見習いたちの中では一番背が高くて、ツンと澄ましたような表情をしている。騎士ということだけど文官っぽい雰囲気があって、きちっと撫でつけた黒髪と緑色の鋭い目が特徴的だ。

「申し訳ありませんが、俺たちもお遊びで騎士になったわけではないので。やるとなったら本気で参ります」

「ええ、そうしてください」

むしろ、本気で来てくれた方が私としては好都合だ。

すぐに他の見習いたちが場所を空けて、私と黒髪の少年に模擬剣を渡してくれた……けれど。

「ごめんなさい。もう少し細身で、刀身が短いものを貸してくださらないでしょうか？」

「えっ、いいですけど……あいつエルマーっていうんですが、女性だからって手加減しませんよ。力もかなり強いですし」

「わかっています。……私は、こちらの方が得意なのです」

心配そうに教えてくれた少年に笑みを向けて、新たに渡された細い模擬剣を手の中で転がす。……うん、これくらいがいい。

私が細い剣を手に立つと、エルマーはふん、と鼻を鳴らしたようだ。

「そんなおもちゃのような短剣で挑むなんて……怪我をしても知りませんよ？」

「大丈夫です。……この戦いで怪我をする者は、絶対に出ませんので」

私が言い、エルマーが不審そうに眉根を寄せたところで——見習い騎士が、始めの鐘を鳴らした。

すぐさま、エルマーがだっと駆けてきた。彼は長身で細身だけど、その分瞬発力に優れているようだ。そして腕も長いので、剣を突き出すことで一気に距離を詰められる。

私はエルマーの動きをじっと見つめて剣を構えて——腰を低く落とし、振り下ろされた剣をしっかりと受け止めた。

刃先を潰された剣が鈍い音を立てて絡み合い、見習いたちがわっと沸き上がる。「エルマーの剣を受け止めた⁉」ってびっくりする声が聞こえるから、きっと多くの見習いはまず、エルマーのこの一撃で吹っ飛ばされてしまうんだろう。

私が真っ向から攻撃を受け止めたのが意外だったようだけど、エルマーはすぐに身を捻り、二撃目を繰り出した。

……でも、目が次に攻撃する方向を向くので、狙いが丸わかりだ。

私がすかさず腰を捻ってそちらに剣の刃を向けると、またエルマーの剣が受け止められる。そのまま手首を捻って刃の向きを変えると剣先がずれ、エルマーの体がぐらりと傾いだ。

「っ……！　おまえの方から攻撃してみせろ！」

「いいえ、しません。しないのが、私の戦い方です」

距離を取ったエルマーが吠《ほ》えるので、私は冷静に返した。

……これが、私が騎士たちにいやらしい戦い方だと言われる所以《ゆえん》。そして、エルマーのようにガンガン打ちつけてくる騎士ほど私にとって好都合な理由。

最大の力で放ってきた攻撃を、私は最小の力で受け止めて、弾く。私の動きは少なく、相手は派手に立ち回るから——一対一の勝負だとたいていの場合、相手の方が疲労して動けなくなり、そこに私がとどめでぽこんと一撃当てて勝利となるのだ。

案の定、最初のうちは果敢に斬りかかってきていたエルマーだけど、次第に息が上がってきたようだ。疲労すると動きは鈍り、一方の私はエルマーの次の攻撃がどんどん読みやすくなる。

とうとうエルマーが砂地の上でずるっと滑り、片膝を突いた。そこに私は滑るように詰め寄り——彼の足をそっと払って地面にひっくり返し、その喉元に剣先を向けた。

「そこまで！　勝者……えーと、誰だっけ？　飛び入り参加のお姉さん！」

「くっそ……！」

カンカンカンと鐘が鳴り、見習いたちが沸き上がる。地面に転がされたエルマーは悔しそうに舌打ちして起き上がったけれど、私を見下ろす目は穏やかだった。

「……俺の、完敗です。女性だからと舐《な》めてかかったが、このざま。……敗北を認めます」

「いえ、こちらこそお手合わせしてくださりありがとうございました。……正直なところ、私もぎりぎりでした」

これはエルマーに対する慰めとかではなくて、本当のことだ。

実際、手袋の下にある私の手はぶるぶる震えている。エルマーの重い一撃を何度も受け止めたからだ。今回はエルマーの方が先に体力切れになったけれど、さらに何回も攻撃を受けていたら手が痺れて、剣を取り落としていただろう。

そう言うとエルマーはぴくっと片眉を上げ、ふん、と鼻を鳴らした。

「……しかし、女性相手に負けたのは事実です。……より精進します。お手合わせ、ありがとうございました」

そう言ってエルマーは騎士のお辞儀をして、仲間たちの方に戻っていった。皆も敗者であるエルマーに対して労《ねぎら》いの言葉をかけ、水やタオルを渡していた。

……本当に、リーデルシュタイン騎士団の人たちは人徳にあふれている。今はちょっと危なっかしいところのあるエルマーだけど、数年もすれば立派な騎士になるはず。

少年たちのやり取りを微笑ましく見ていた私は、模擬剣を返そうと振り返り――そこにいる人を目にして、脳みその動きが止まった。

砂煙の舞う、訓練場。そこにいるはずのない人が、立っていた。

「……ア、アレクシス様……？」

「リーゼ、見ていたぞ。……相変わらず、惚れ惚れするような動きだった。さすが、俺の未来の妻だ」

アレクシス様は大きな声で言うとずっかずっかと歩いてきて、正面から私を抱きしめた。

え？　アレクシス様、お仕事はいいんですか？　私は砂っぽくて、きれいなシャツが汚れてしまいますよ？　というか、今ここでハグするのですか？　見習いたちが見ていますよ？

「……えっ？　アレクシス様と……リーゼ、様⁉」

「嘘だろ⁉　あの人、リーゼ様だったのか⁉」

「エルマー、おまえとんでもない方とやっちまったな⁉」

周りで、見習いたちが騒ぐ声が聞こえる。

首だけを捻ってそちらを見ると――騒ぐ見習いたちの中で、呆然とするエルマーと視線がぶつかった。さっきまで手に持っていたらしい水入りの革袋が地面に落ちて、せっかくの水分が地面に奪われてしまっている。

……まあ、あえて私も名乗らなかったからね。でも騎士団の人にも、「あなたがリーゼ様だとわかると見習いは皆逃げてしまうでしょうから、名乗らなくていいですよ」と言われているし……。

アレクシス様は私をぎゅぎゅっと抱きしめて髪の房にキスを落とした後、解放してくださった。そして見習いたちの方を見て――エルマーのところで視線を止めた。

「そこの、黒髪の……名前はなんだ？」

「エルマーのことですか？」

「それだ。エルマー」

「は、はいいっ⁉」

名を呼ばれて、さっき私と戦っているときは強気だった彼は真っ青な顔で震えながら進み出て、そのままスライディングするかのような勢いで土下座した。

「待て、そんなことをしろとは言っていない。立て」

「はっ！　申し訳ありません、アレクシス様！　知らなかったとはいえ、リーゼ様と試合をするなんて……」

「待て、謝罪をしろとも言っていない。おまえはもう少し落ち着け」

「はっ！」

「……先ほどの手合わせを見ていたが、なかなかの腕前だ。騎士たちでさえリーゼの相手には毎度手こずり、疲労困憊《こんぱい》になる前にと白旗を揚げる者もいるくらいなのだが……おまえは最後まで諦めずに戦った」

「……」

「どのような相手だろうと、どのような窮地に陥ろうと、諦めずに戦い抜くこと。……それこそ、リーデルシュタインの騎士が目指すべき目標の一つだ。今後も仲間と共に切磋琢《せっさたく》磨《ま》し、精進せよ」

「……は、はいっ！　アレクシス様のお言葉のとおりに！」

一瞬虚を衝《つ》かれた様子だったけれど、エルマーはアレクシス様に叱咤《しった》激励されたのだとわかったようで、元気よく言うとお辞儀をした。そして私の方にも姿勢を正して頭を下げてから、仲間たちのもとに戻っていった。

「……よい少年だ。おそらく彼は将来、かなり昇格できるだろう」

「わかるのですか？」

「なんとなく、な。……まあ、彼が俺の期待に添うような成長ができるなら、の話だが」

アレクシス様はふっと笑った後に、私の手をそっと取った。

「……震えているな。君は手が小さいのだから、エルマーの攻撃を十三回も受けて相当痺れただろう」

「数えてらっしゃったのですね……」

……ということは、最初から見られていたのかな？　気づかなかった……。

「まあな。……皆には、リーゼに対して過保護すぎるのはよくないと言われるし、俺も君を信頼していないわけではないが……やはり、心配でな」

アレクシス様が眉根を寄せて言うので、私は微笑んでその大きな手をぎゅっと握った。

「心配してくださり、ありがとうございます。……でも私、やっぱり剣術は磨いておきたいです」

「ああ、もちろん、君の行動を制限するつもりはない。ただ……できればこれからは、騎士団に来る日は俺に一報入れてほしい」

「なぜですか？」

並んで歩きながら問うと、なぜかアレクシス様は少しショックを受けたように私を見下ろしてきた。

「な、なぜとは……もちろん、君のことが心配だからで――」

「でもそうすると、アレクシス様はお仕事を中断したり予定を変えたりして、騎士団に来てしまうのではないですか？」

「そ、そうだな」

「……あの、ちなみに今日は……お仕事は、終わっているのですか？」

「終わらせている。確か今日はリーゼも早く仕事が終わると言っていたから、よかったら一緒に茶でも飲まないかと思ってな。誘いに行こうと考えていたら運動着姿のリーゼが訓練場に行く姿が見えたから、追いかけてきた」

アレクシス様はそこで一旦言葉を切ってから、「そういうことで」と華やかな微笑みを向けてきた。

「リーゼ、これから一緒に茶でも飲まないか？」

「これからですか!?」

「ああ。夕食まではまだ時間があるだろう」

「それはそうですが……」

アレクシス様の顔から自分の服の袖部分へと、視線を移動させる。エルマーと練習試合をした後なので袖には泥が付いているし、首筋や胸元にはしっとりと汗をかいていた。

「……その、着替えてきてもいいですか？　さすがに泥と汗まみれの姿でアレクシス様とお茶を飲むことはできません」

「そこまで気にしなくていいと思うがな。リーゼは泥まみれになっても、可愛い」

「そ、そういう問題じゃないですからね！」

言い返すけれど、アレクシス様はにこやかに微笑んでいるし……頬が、すごく熱い。

「と、とにかく、すぐに汗を流して着替えてきます！　それから改めてお伺いしますから！」

「わかった、それじゃあそうしてくれ。……実は、とっておきのものがあるんだ」

「とっておき、ですか？」

私が尋ねると、アレクシス様は笑みを深くして右手を伸ばし、つん、と私の唇の横あたりに人差し指で触れてきた。

――どくん、と心臓が高鳴る。

「ああ。リーゼの好きなものだ。……そうだな、夏の庭のガゼボで待っているから、ゆっ

いた。

思わず裏返った声で応えると、アレクシス様は「待っている」と低くつやのある声で囁《ささや》

「えっ、あ……は、はい、かしこまりました」

くり仕度をしてから来てくれ」

した。

袖を通した。髪結いとメイクは他のメイドに任せて、アクセサリー選びはマリーにお願い

私はすぐに部屋に戻って湯浴みをして、先日アレクシス様から贈ってもらったドレスに

「それにしても……まさかのまさか、アレクシス様とお茶会ですね！」

「本当にね。今日はそういうつもりではなかったのだけれど……」

「ですね。それにしても、お二人が婚約なさって一か月くらい経ちますが……アレクシス

様って、本当にリーゼ様のことがお好きなのですね」

マリーがはしゃいだ様子で言うので、やすりを手に自分で爪を磨いていた私は思わずど

きっとしてしまった。

「そ、そう？」

「ええ。だって、こんなにたくさんの贈り物をなさるんですもの。しかもどれもリーゼ様

にぴったりで、どれにしようか迷ってしまうくらいです！」

マリーはネックレスを私の喉元にあてがい、「今日はドレスと同じ、緑色系統でいきましょうか！」とご機嫌に言った。

婚約してからというもの、アレクシス様はまめに贈り物をしてくださっている。結婚後も見据えたドレスや宝飾品が多いけれど、おいしいお菓子や可憐《かれん》な花などの消耗品、はたまた可愛いぬいぐるみまで贈ってくださった。

アレクシス様は「俺は女性の趣味がよくわからなくて……」とおっしゃるけれど、贈ってくださるものはどれもこれも、私の趣味にぴったりだった。【一度目の人生】では何も贈ってくれず、お金だけをどんと渡されてそれでメイドたちが必要なものを買ってくれていたから……アレクシス様自らが選び購入なさったという贈り物が、どれもとても嬉しかった。

マリーたちに見送られ、仕度を終えた私は庭に向かった。

リーデルシュタイン城には四つの庭園があり、それぞれが四季を冠した名前を持っている。なお、四つの中で一番美しいのは春の庭だけど、それは辺境伯様と今は亡き辺境伯夫人の思い出の場所らしくて、ほぼ立ち入り禁止。息子のアレクシス様でさえ、辺境伯様の許可がないと入れないそうだ。

どちらかというと花よりも木の方が多い印象のある夏の庭に行くと、もうそこにはアレクシス様の姿があった。メイドたちがしずしずと茶の仕度を進めていて、私用らしい椅子にはふかふかのクッションが置かれている。そしてよく見ると、アレクシス様も着替えをしていた。

アレクシス様は黒のスラックスに襟元のリボンタイがおしゃれなシャツ、その上にキャラメル色のジャケットを着ていた。一応腰に剣を下げているけれど、戦闘用の本格的なものではない護身用の片手剣のようだ。

騎士団の制服姿のアレクシス様も格好いいけれど、普段着姿も文句なしに素敵だ。スラックスの太もも部分は筋肉のためにぱつぱつで、体のラインがなんとも艶《なま》めかしい。胸筋も立派で、肩幅もある。アレクシス様の胸囲は城で働くどの女性よりも大きいとの、もっぱらの噂だ。

そんな剛健な体と、物語に出てくる王子様のように甘い美貌を持つアレクシス様は目元を緩ませて、庭を歩く私をじっと見ていた。緑色の目はとろりと優しい光を孕んでいて、薄い唇は幸せそうに弧を描いている。

私が近づくと立ち上がり、わざわざガゼボの前まで下りてきてくださった。

「来てくれてありがとう、リーゼ。……ああ、そのドレスも、ネックレスも、先月俺が贈ったものだったか」

「はい、とても軽やかで肌触りのいいドレスなので、私もとても気に入っています。素敵なものをありがとうございます」

「なに、愛しい婚約者をよりいっそう輝かせるためなら、俺はなんでもする。……こちらにどうぞ、俺の可愛いリーゼ」

「っ……し、失礼します」

……いきなり「俺の」とか「可愛い」なんて修飾語を付けて呼ばれたものだから、少し声が裏返ってしまった。

アレクシス様に手を取られてガゼボに上がり、彼の向かいの席に腰を下ろす。普通なら給仕が椅子を引くのだけれど、「俺がしたいんだ」と言ってアレクシス様が自ら私の椅子を引き、座らせてくれた。

「さあ、リーゼ。今日は君の好きなものをたくさん取り寄せた。このフルーツは、君が子どもの頃に好んで食べていたものだろう？」

椅子に腰を下ろしたアレクシス様がそう言って示すのは……皿にこんもりと盛られた、赤い果実。親指と人差し指で作った丸い空間にすっぽり嵌まりそうなサイズのそれは、見た目はブドウ、色はイチゴといったところだ。

……えっ？　これって、まさか――

「こ、これってペラルタベリーですか⁉」

「ああ。今年で最初に穫《と》れたものを、取り寄せたんだ」

「こんなに高価なものを……」

私が指さす先にある赤い果実はペラルタベリーといい、ここゲルタ王国からずっと離れた南の海に浮かぶペラルタ王国で栽培されている。

ペラルタなどの地域は常夏で、ゲルタ王国だと王都が雪に包まれるような真冬でも半袖で過ごせるほど温かい。そこの特産物であるペラルタベリーは冬の間にゲルタ王国の市場に出回り、市民階級の子どもたちのおやつになる。

でも今の季節はまだ晩秋で、市場に並ぶには早い。購入できなくもないけれどかなり高価で、粒も小さいものが多い。でも今目の前の皿に盛られたペラルタベリーは十分な大きさで、身が引き締まり皮もつやつやとしている。相当……値が張ったはずだ。

私のつぶやきを聞き、アレクシス様はふふっと笑ってテーブルに肘を突いた。決してお行儀のいい仕草ではないけれど、アレクシス様がすると不思議と絵になる光景だ。

「ああ、君の好物だから奮発したんだ。……もちろん、俺個人の資金から出しているから心置きなく食べるといい」

「まあ……ありがとうございます。……あれ？　私、ペラルタベリーが好きだって言いましたっけ？」

ペラルタベリーは子どもの頃から好きだったけれど、高貴な方々が口にする食材ではない。当然アレクシス様が召し上がることもほとんどないだろうし、わざわざ話題にしたこともないはずだけど……。

するとアレクシス様はますます笑みを深くして、指先でご自分の口元をとんとんと叩いた。

「子どもの頃に一度だけ、俺とリーゼとリヒャルトでもらいもののペラルタベリーを食べたことがあった。確か俺たちが八歳くらいのことだったと思うが、リーゼは口や手をべたべたにしながら食べていたんだ。おいしいおいしい、って言いながらな」

「なっ……！　そ、そんなの覚えていなくていいです！」

「はは、それは難しい話だ。……恋しく思っていた女の子のことなんだから、覚えているに決まっているだろう？」

低くしっとりとした声で囁かれるものだから、思わず私はぶるっと身を震わせてしまった。

子どもの頃は身分の差とかアレクシス様のお生まれのこととかがよくわかっていなくて、兄と同じような接し方をしていた。だから私は覚えていないだけで、口や手をべたべたにしてペラルタベリーを食べるはしたない姿も見せてしまったのだろう……。

羞恥やら驚きやらで私が何も言えないでいると、アレクシス様は笑みを深くしてペラルタベリーを一粒手に取った。

「……当時の君にとっての俺は、リヒャルトと同じような存在だったのだろう。だが……前にも言った気がするが、俺は物心付いた頃から君のことを異性として意識していた。もっと喜ぶ顔が見たい、おねだりでもなんでも叶えてあげたい。……これからもずっと、君の笑顔を見ていたい、と思っていた」

「……」

「だから、最初の婚約者との話が上がったときには……正直、かなりショックだった。俺は辺境伯の息子で、君は騎士の娘。幼なじみといっても身分が違いすぎて君とは結ばれないのだという事実を、はっきり突きつけられたようでな」

アレクシス様はそこで言葉を切り、ペラルタベリーを口に含んだ。ちまちまと食べていたために口や手を汁まみれにした過去の私と違い一口で食べたので、汁が出ることはなかった。

アレクシス様は辺境伯家の跡取り息子でありながら、二十一歳の時点で婚約者を持っていなかった。でもアレクシス様の妻になりたいと願う女性はたくさんいたから、決してアレクシス様がモテなかったわけではない。

ではなぜなのかというと、ちょっとした理由と苦い過去があるからだった。

アレクシス様は十八歳で成人なさって間もなく、ゲルタ王家の傍系にあたる公爵家の令嬢と婚約した。美しくて教養のある女性で、アレクシス様より二つ年上なので年齢も釣り合う。お二人は、アレクシス様が二十歳になる前に結婚する予定だった。

……アレクシス様の婚約を聞かされた夜、私はショックで泣いて夜を明かした。それからしばらくはアレクシス様の顔が見られず、何日も経ってやっと「ご婚約おめでとうございます」と言えた。厳格な父もあのときばかりは、私の恋心を気遣ってくれたようで、とやかく言わなかった。

けれども、お二人の婚約生活は長くは続かなかった。アレクシス様が十九歳になった年の冬頃に、令嬢の方から婚約解消を言い渡された。理由にはいろいろあったようだけれど、一番は「アレクシス様は、真面目すぎてつまらない」からだったという。

さすがにそんな理由で婚約解消なんて……ということで公爵家と辺境伯家の間で揉《も》めたけれど、最終的にアレクシス様が首を縦に振ったことで婚約は破談となった。

その令嬢は婚約解消後、半年もせずに結婚したそうだ。相手は下級貴族の三男坊とかで、しかも結婚式のときには既にお腹が大きくなっていたそうだ。どう考えても、アレクシス様との婚約期間中に浮気をしている。

いくら相手が辺境伯家より格上の公爵家とはいえこんなフられ方はあんまりだと、城の皆も憤った。私もアレクシス様を励ましたら、「俺と彼女には縁がなかったということだな」と寂しそうに笑っていた。

……でも、あの公爵令嬢との婚約が決まったときも、アレクシス様は……私と結ばれなくなると思って、悲しく思っていた――思ってくださった。

どきっと高鳴る胸をそっと押さえていると、アレクシス様は微笑んだ。

「これでも、努力はしたんだがな。結婚するからには妻を大切にしなければならない。しかも相手は王家の血を引く公爵家の令嬢なのだから、不器用なりにいろいろ真心を尽くしたのだが……はは。真面目なのは取り柄だと思っていたが、彼女からすると無味無臭のつまらない男だったんだな」

「……私はそうは思いませんっ！」

「うん、君がそう言ってくれるだけで俺は十分報われるよ。だがまあ、彼女は最初から俺と結婚する気はなかったようだし……正直、ほっとしていた。俺は真面目すぎるつまらない男なのかもしれないが、一人の女性に不幸な結婚生活を強いずにすんだのだからな」

そう言うアレクシス様は本当に吹っ切れているようで、穏やかな笑みを浮かべていた。

「婚約者にフられてからも……君を妻に迎えることは難しいと諦めていた。だがあの廃屋で君と背中を合わせて戦ってから、わかったんだ。俺は、こうして背中を預けられる人を妻として求めている。君を手に入れるためには俺の方から動くべきなんだ、とな」

「……そうだったのですね」

「だから、リーゼが俺の求婚に応えてくれたときには……本当に、嬉しかった。二十一年間生きてきて、これほど嬉しいことはなかった」

アレクシス様はそう言うともう一粒、ペラルタベリーを選び取った。でも、ヘタの部分を摘んだそれの向きを変えることなく、私の方にずいっと向けてきた。

「……え？」

「ほら、リーゼも食べるといい。先ほど食べたが、甘くてとても美味だった。リーゼも気に入るだろう」

「は、はい、ではありがたくいただきます……」

今年最初の収穫物で高値だっただろう、ペラルタベリー。アレクシス様の懐からお金を出してくださったとのことだから、しっかり味わっていただこう。

……そう思ってベリーの盛られている皿に手を伸ばしたら、すっとそれが遠のいていった。そんなことをする犯人は、一人しかいない。

「……アレクシス様」

「それはだめだ、リーゼ。……これを食べなさい」

私の手の届く範囲から皿を遠ざけたアレクシス様は、相変わらずの笑顔だ。彼が「これ」と呼んでいるのは――無論、その指先で摘んでいるペラルタベリー。

「……わかりました。では、お皿に……」

あ、私の手元の皿まで没収された。周りのメイドたちもこっちの様子に気づいているはずなのに我関せずと言わんばかりで、黙々と作業をしている。

……これは、いわゆる「あーん」の状態だ。アレクシス様がお持ちになっているペラルタベリーを食べない限り、話が進まない……。

寄り目になりながらベリーを見て、アレクシス様を見る。美術品も裸足《はだし》で逃げ出しそうな美しい笑顔を向けてきたので、ベリーに視線を戻す。

……恥ずかしいけれど、やるしかない！

テーブルに少し身を乗り出して、アレクシス様が摘むペラルタベリーに食いつく。すぐにヘタをくりっと回転させてねじ切ってくれたので、一口でベリーを口の中に入れた。

嚙《か》むと、じゅわっと汁があふれた。しっとりとした甘みが口の中に広がり、舌がぴりりと刺激される。

「……あっ、あまひ……」

「そうだろう？　ペラルタベリーは、これからますます甘みが増すという。……今年の冬に入荷されるペラルタベリーはきっと、とろけるほどの甘さだろうな。それをまた、リーゼと一緒に味わいたいものだ」

そんなことを言いながらアレクシス様は、没収した皿を戻してくれた。そしてご自分ももう一つベリーを口に入れて、「うん、甘い」とつぶやいている。

その余裕たっぷりのお顔を見ていると……なんだろう。私の中で負けん気のような対抗心のようなものが、むらっと湧いてきた。

メイドが二人分のお茶を淹《い》れて、ケーキも切り分けてくれた。今日のケーキはドライフルーツたっぷりのバターケーキだ。王都の高級菓子店で作られるバターケーキはふわっさくっとしているけれど、リーデルシュタインの伝統的な作り方だと生地が密でずっしりとしたものが完成する。

……よし、これでいこう。

「バターケーキか。リーゼも……」

アレクシス様が、言葉を途中で切った。なぜならアレクシス様の前に置かれたケーキの皿を、私が没収したからだ。

これにはさすがにメイドたちもはっとしたようだけど、当の本人であるアレクシス様はきょとんとしている。そうして私は小さなナイフを手に取ってアレクシス様のケーキを切り分け、フォークで刺した。

「はい、アレクシス様。あーん？」

私がフォークを向けるとアレクシス様はぽかんとしたまま、フォークに刺さったケーキと私を交互に見ている。

ふふ……父も言っていたものだ。『護身用の剣術とはいえ、反撃も必要だ』ってね！

「あーん」をされたのだから、「あーん」で返す。これぞ、正当なる反撃だ。

……まあ、一切照れず余裕の表情で私に「あーん」してくるアレクシス様だから、きっと涼しい顔で流されてしまうだろうけど。

……あれ？

「……んんっ！」

アレクシス様の頬が徐々に赤くなっていって……さっと横を向くと、口元を手で押さえてしまった。

え、もしかして、照れてらっしゃるの？　耳まで真っ赤で……え、えええ？

「あ、あの、アレクシス様……？」

「い、いや、気にしないでくれ。少し驚いただけで……。……よし」

大きく深呼吸してから、アレクシス様は私が差し出したフォークの先にぱくりと食いついた。ケーキはなるべく小さめに切り分けていたしアレクシス様は口が大きいので、一瞬でケーキは消えていった。私はおずおずとフォークを皿に戻して……向かいの席ではアレクシス様が、もじもじしながら咀嚼《そしゃく》していた。

ア、アレクシス様が恥ずかしがるから、私まで恥ずかしくなってきた！　「あーん」しているときは、こっちも余裕でいられたのに！

しばらくの間、ガゼボにはなんとも言えない空気が流れた。さっきまでは私の方をじっと見ていたメイドたちも背を向けて、何やら一生懸命皿を磨いているようだ。未使用の皿をそんなに磨く必要はないはずだけれど。

……私たちの間に、会話がなくなった。でも、意外とこの空気も嫌いではない。

「……その、リーゼ」

「は、はい」

「……うまいな」

「……ええ、おいしいですね」

あなたと一緒に食べるから、いっそうおいしい。

4章 子どもとふれあおう

「……えっ？　本当に？」

「ああ。今度家族で遊びに来るそうだ。エリーザベトもそれに合わせて、城に来ることになっている」

「よかった！　それじゃあ、久しぶりに皆でご飯が食べられるのね！」

「そうだな。……ああ、悪い。そろそろ行かなければ」

「ええ」

父を見送り、私は残っていたお茶を飲んで茶器を片付けてから、父の執務室を出て――

「あっ、アレクシス様」

「ああ、リーゼ。ヨナタンと話をしていたのか？」

廊下で、アレクシス様とばったり鉢合わせをした。

「ええ。……あ、そうだ。アレクシス様は兄のこと、お聞きになりましたか？」

「リヒャルト？　……ああ、そういえば今度、妻子と一緒にこちらに戻ってくるそうだな。その話をしていたのか」

「はい！　お義姉《ねえ》様と甥も連れてくるそうなので、家族で食卓を囲むことになったのです」

私の兄であるリヒャルト・キルシュは現在、騎士として王国騎士団で働いている。上官の娘である義姉と結婚したのが二年前で、去年甥が生まれた。

……【一度目の人生】では父が死にアレクシス様も病んでしまったことで、兄は王国騎士団からリーデルシュタイン騎士団への配置換えを願い出た。アレクシス様の乳兄弟である兄は、病んでしまったアレクシス様と——そんなアレクシス様と結婚したのに冷遇されている私のことが放っておけなくなったようで、義姉と甥っ子を残してこっちに戻ってきた。

兄は、アレクシス様にずけずけとものを言える数少ない人だった。それでも心を病んで粗暴になってしまったアレクシス様を止めることはできなくて、私にも「僕の力不足だ。すまない、リーゼ」と何度も謝ってきた……。

でも、【二度目の人生】である今は辺境伯様もアレクシス様も父も健康で、辺境伯領も平和だ。だから、兄が急遽《きゅうきょ》戻ってくる必要もなくなっていた。

「それはいいな。俺も、久しぶりにリヒャルトと剣の稽古をしたいと思っていたし……」

「いたし？」

何やら含みのある言い方だったので私が首を傾げると、アレクシス様はさっと表情を引き締めた。

「まだ、リヒャルトには挨拶をしていなかった。あいつはいずれ俺の義兄になるのだから、可愛い妹をもらい受ける許可を得なければ」

「そ、そうですね。……いえ、そうですか……？」

アレクシス様は至極真面目に言うけれど、どうなんだろう？

確かに、私と結婚することで私の兄はアレクシス様にとって義兄になる。二人は春生まれの同い年で、乳兄弟だった二人が義理の兄弟になるということだ。

でも、兄は兄で家庭を持っているのだしそこまで過保護でもないから、「許可を得る」必要はないと思う。それに連絡自体はもう行っているし、父だって了解している。

……ちなみに公衆の面前で私がプロポーズされたとき、父はあまりの出来事に仰天して、脱力してしまった。その後アレクシス様が自ら父の執務室に押しかけて、私を妻にしたいこと、私以外に女性を囲ったり愛人を作ったりせず、一生愛情を捧げること——などなどを熱く長く語ったそうだ。

娘が自分の主君のご子息に嫁ぐということで父も最初はかなり悩んだそうだけれど、アレクシス様の方から熱心に私との結婚を申し込んでくるし……私もアレクシス様と結婚して生涯お支えしたいと思っていることを説明すると、首を縦に振ってくれた。

なお、私の前では「アレクシス様の恥になるな」と厳しく言った父だけど、母曰くその日の父は酒を飲み、「複雑な気持ちもあるけれど、それ以上に嬉しい」と泣き明かしたそうだ。本人にそれを聞いたら、「俺がそんなことを言うわけないだろう」と怖い顔で一刀両断されたけれど。

あれこれ考える私をよそに、アレクシス様はしっかりうなずいた。

「もちろんだとも。……ああ、柄にもなく緊張する。まさか俺はリヒャルトに、『おまえのような者に妹はやらん！』と言われるのだろうか。あいつと決闘をせねばならないのだろうか……」

「言いませんって。それと、決闘もなしですからね」

アレクシス様と兄が本気で決闘したら兄がぼこぼこにやられるのは目に見えているので、やめてあげてほしい。兄も十分強いけれど、本気になったアレクシス様には勝てないだろうから。

でもアレクシス様はきりっとした顔で首を横に振った。

「そんなの、わからないだろう！　こうなれば、俺は生涯リーゼだけに愛を捧げ全身全霊をかけてリーゼを守るという誓いの証しとして、ノルドラド山の山賊を一人で駆逐してくるべきだろうか……」

「危険なので、行くなら騎士団を率いて行ってください」

確かにノルドラド山を住み処《か》とする山賊に関する報告書がたびたび来ているけれど、兄への手土産として山賊の首を持っていかないでいただきたい。アレクシス様なら実際にやりかねないのが、怖いところだ。

「兄のことなら、大丈夫ですよ。いつものアレクシス様らしく堂々となさっていれば十分です」

「そうか？　……というか、リーゼから見た俺はいつも堂々としているのか？」

「ええ、とても」

「……。……そうか」

アレクシス様はどこかしみじみとした様子でつぶやくと、私に背を向けた。

「少し、体を動かしたい気分になった。素振りをしてくる」

「かしこまりました。……あの、ちなみに書類仕事などは？」

「終わらせた。休憩時間に茶でも飲もうかと思ったが、やめた。リヒャルトに会う日に備え、俺はもっと堂々たる男になってくる」

「さ、さようですか……」

そうしてアレクシス様は「行ってくる」と囁いて私の額にキスを落として去っていった。

なんというか……ちょっと、意外かも。

過去の私は、物陰からアレクシス様のお姿を見るだけだった。それが【一度目の人生】では急に結婚ということになって、物理的距離は近いけれど心の距離は遠く離れている結婚生活を送ってきた。

だから……知らなかった。

アレクシス様って、結構……可愛らしい面もおありなんだ、ということを。

兄一家が帰ってくるという知らせが来た、約半月後。

リーデルシュタインの大地がうっすらと雪化粧を始めた頃、兄たちの乗った馬車が城門をくぐった。普段は郊外にある屋敷で暮らしている母もわざわざ出てきて、家族三人で出迎えることにした。

「ただいま、父上、母上、リーゼ」

「お久しぶりです、皆様」

「よく戻ってきた、リヒャルト。ようこそいらっしゃった、レナーテさん」

「おかえりなさい。……あらあら、レナーテさんとエトムントも元気そうで、よかったわ」

「おかえり、兄さん。お義姉様もお元気そうで何よりです」

馬車から兄、続いて兄嫁が降りてきた。ちなみに甥っ子であるエトムントを抱っこしているのは母親である義姉ではなくて、兄だった。ごく自然な感じに息子を抱っこしているから、きっと王都でも積極的に子育てをしているんだろう。

兄は「ヨナタンに似なくてよかったな」とよく言われる、おっとりと優しそうな顔立ちをしている。物腰も柔らかくて人当たりもいいので、兄の上官の娘である義姉は父親に連れられて参加した夜会で出会った兄の、柔和で穏やかなところに惹《ひ》かれたそうだ。

【一度目の人生】では兄がリーデルシュタイン騎士団に所属変更したので、妻子とは離ればなれにならざるを得ない状況になっていた。義姉からは、「あなたは気にしなくていいから、辺境伯様に寄り添って差し上げて」というお手紙をいただいていたけれど……何もできない自分の無力さが、本当に恨めしかった。

そんな義姉だけど、家族で幸せに暮らしている現在はとても元気そうだ。兄とお似合いの優しくておっとりした美しい人で、私のことも「リーゼさん」と可愛がってくれる。兄は上司である義父とも良好な関係を築いているようで、毎日王都で楽しく生活しているそうだ。

義姉がそそっと私の方に寄ってきて、耳打ちしてきた。

「夫から聞きました。……シェルツ子爵とご結婚なさるということで」

「そうなのです。……自分でもびっくりです」

「ええ、そうでしょうね。……今はしれっとしている夫ですが実は、あなたとシェルツ子爵が婚約するというお手紙を受け取ったときは放心して、しばらく口から魂が出ていたのですよ」

「ええっ」

「こ、こら、レナーテ！　リーゼにそんなことを教えなくていい！」

耳ざとく聞きつけたらしい兄が慌てて言ったからか、それまではすやすやと寝ていたエトムントがぐずり始めた。

義姉はくすくすと笑うと兄からエトムントを受け取り、慣れた様子であやし始めた。

「ほうら、大丈夫よ、エッティ。お父様はちょーっとだけ恥ずかしいことを暴露されて、びっくりしちゃっただけですからね」

「それは……いや、うん、もうそれでいいよ」

兄はがっくりと肩を落としてから、私を見た。父と同じ青色の目が私を見て……くしゃり、と笑った。

「……まさかおまえがアレクシス様に求婚されるなんて、思ってもいなかったよ。でも、おまえならアレクシス様をよく支えられると――僕は思っている。婚約おめでとう、リーゼ」

「兄さん……ありがとう。私、頑張るね」

兄の言葉は単純に嬉しいけれど……それ以上に、身の引き締まる思いがした。

【一度目の人生】での私は、兄の願いに応えられなかった。でも今は、なんとかいい感じに物事を進められている。

私は、アレクシス様を支えたい。

もう、アレクシス様にあんな思いをさせたくないから。

家族での挨拶を終えたところで、兄は辺境伯様たちにもご挨拶をしに行くことになった。ここで本来なら義姉もご一緒するべきだけど、エトムントがなかなか落ち着かないので今日は別室で母子ゆっくり休んで、挨拶は兄だけが代表して行くことになった。

父と母はそれぞれやることがあるので、私が兄に同行して辺境伯様の執務室に行って挨拶に付き添い、そのままアレクシス様の部屋に向かったけれど――

「よく帰ってきた、義兄《あに》上」

「……」

「ああ、自己紹介が遅れたな。……貴公の妹君をもらい受けることになった、アレクシス・フェルマーだ。シェルツ子爵位を賜っており、後に父の後を継いでリーデルシュタイン辺境伯になる予定だ。これからは貴公のことを、義兄として慕わせていただきたい。そういうことでまずは、俺がリーゼのことをどう思っているかについての説明をしよう」

「……あの、ちょっと待ってくれませんか、アレクシス様？」

待った、の姿勢を取った兄を見て、深くお辞儀をしていたアレクシス様は不思議そうな顔で体を起こした。

廊下を歩きながら兄は、「もしかするとアレクシス様、変に緊張しているかもな……」と乳兄弟ならではの鋭い勘で言っていたけれど、アレクシス様の行動は兄の想像をも通り越していたようだ。

部屋のドアを開けてまず目に入ったのは、ぱりっとした正装姿のアレクシス様。私も滅多にお目にかかれない豪奢な装いで、しかも腰には剣――フェルマー家に代々伝わる紋章入りの立派な宝剣だ――を提げている。

そんなきらきらしい出で立ちのアレクシス様は私の兄を見るとお辞儀をして、そしてあの仰々しい挨拶をしたのだった。

兄は頭を掻き、「えーっとですね」と言葉を選びながら言う。

「確かにいずれ僕はあなたの義兄になりますが、そこまで態度を変えなくていいですよ。所詮、僕の方が部下ですから」

「それはそうだが、何事にもけじめは必要だ。だからこうして、俺がリーゼを娶るにふさわしい男であることを証明しようと……」

「ええ……まあ、そうですね、わかりました。あなたがそうおっしゃるのなら、お好きなように。あ、でもリーゼについての報告は不要です」

「なぜだ！」

「妹のことですし、兄としてよくわかっているつもりなんで」

「おまえ、自慢か!?」

「そんなつもりじゃないんで。ああ、今くらいの話し方でいてくださいね」

「……わかった」

さすが、赤ん坊の頃から一緒のベビーベッドで育った仲の、兄。アレクシス様の扱いがよくわかっている。

……まあ、お二人はお二人で、うまくいくよね。

男同士で積もる話もあるだろうから、私はさっさと退室して義姉が休憩している部屋に行くことにした。

「お邪魔します」

「あら、どうぞリーゼさん。エトムントも落ち着いたのですよ」

ソファに座る義姉のところに向かうと確かに、ベビーベッドに寝かされたエトムントは私を見て、きゃはは、と楽しそうに笑った。

……最後に見たときのエトムントは生まれて間もない赤ん坊だったから、随分大きくなったんだな、と実感する。【一度目の人生】では結婚後、一度も会えなかったし……エトムントも父親のいない生活で寂しい思いをしていたことだろうから、元気に笑う甥っ子の顔を見られて胸が温かくなった。

「エトムントも、もうすぐ一歳ですよね」

「ええ。最近は喃語《なんご》もしゃべるようになって。夫と二人で、『とうさま』と『かあさま』のどちらを先に言えるようになるか、勝負をしているのですよ」

「あはは、それは負けていられませんね」

では、ということで私もエトムントの顔を覗き込んで、「リーゼおばさまですよー」と呼びかけてみた。返事は、盛大なゲップだった。

「……そういえば、リーゼさん。あなたとシェルツ子爵のこと、王都でも噂になっているのですよ」

ゲップ攻撃を食らった顔を洗って部屋に戻ると、義姉がそんなことを言った。

王都でも……私たちのことが、噂に？

「ええと……それはどういう形で？　それと、誰が広めたのですか？」

「心配なさらなくても大丈夫ですよ。悪い噂ではなくて、あなたたちが協力してならず者退治をした、そうすることで愛が芽生えたのだ、という真実に基づいた噂です。わたくしや夫が調査した限り、尾ひれが付いているものや悪意があるもののもなさそうですし、純粋に皆の憧れとして語られているようです」

「……そ、そうですか」

「ちなみに噂の発端は、社交界だそうです。どうやらアレクシス様の元花嫁候補だった令嬢方が、積極的に広めたようで」

「ま、まさかあの方々⁉」

義姉の話を聞いて真っ先に思い浮かんだのは、かつてわざわざリーデルシュタイン領までお越しになった六人のご令嬢たち。その中でも一番印象に残っているのは、侯爵令嬢であるフランツィスカ様だ。

私に求婚するにあたり、アレクシス様はフランツィスカ様たち婚約者候補の女性の屋敷を全て回り、お断りの旨を告げた。真剣に説明することでどの家からも了解は得られたそうだけど……その中でもあの六人のご令嬢は、実際に私の顔を拝んでみようと思い至ったようだ。

立て続けに六人の令嬢から観察されたし、しかもアレクシス様から公開プロポーズされた場にも居合わせて、たいそう乗り気の様子で応援された。去り際には皆を代表したのかフランツィスカ様から、「立派にアレクシス様をお支えなさいませ」と激励の言葉をいただいたし、しばらくしたら婚約祝いの品も贈られてきた。

……あの方々が王都に戻りご自分が見聞きしたことを説明したとなれば、噂が広まった理由も納得できる。

それに、社交界の皆様は楽しいことが大好きだ。最も盛り上がるのはゴシップネタだと言われているけれど、あまり上品な趣味とはいえない。一方、実際の恋愛話を「憧れ」として言って回るのであれば、眉をひそめられることはない。むしろ場合によっては教育によいということで、若い令嬢たちに積極的に聞かせることもあるという。

……そっか。私たちのことは、そんなに広まっているんだ……。いい形で広まっているのなら文句はないけれど、やっぱりちょっと恥ずかしいような。

……でも。

「……やっぱり王都のご令嬢たちからすると、私は野育ちの田舎娘ですよね」

私がつぶやくと、エトムントをあやしていた義姉が顔を上げた。

「まあ。リーゼさんったら、そんな卑下しなくてもよろしいのに」

「ですが……私自身、辺境伯夫人になれる器ではないと思っているのです」

私が王都の令嬢たちより勝っていることといったら、計算の速さと体力と腕力、馬術と剣術くらいだ。優雅なダンスなんて踊ったこともないし、計算はともかく私の字はどちらかというとカクカクしていて優美とは言えない。刺繍や楽器とかもほとんどしたことがないし……あと、音痴だ。

辺境伯領にいる間は、アレクシス様の妻として背筋を伸ばしてやっていける覚悟ができている。でも……もしアレクシス様と一緒に王都に行ったならば。

私は所詮、田舎騎士の娘だ。【一度目の人生】での結婚生活では辺境伯領から出ることがなかったからぼろが出なかったけれど、いざ社交界に出ると……絶対に、とんでもないミスをする。

義姉も騎士の娘だけれど王都で生まれ育ったからか、彼女は私をじっくり見てから「そうねぇ」と頬に手を当てた。

「わたくしからすると、リーゼさんは活発で可愛らしい方だけれど……確かにあなたみたいな女性は社交界ではあまり見られないでしょうね」

「ですよね……」

「でも、あなたたちが結婚するまでまだ時間があるでしょう？　それまでの間にできることはあるはずですよ」

義姉におっとりと言われて、私は――ふと、先ほど話題に上ったフランツィスカ様たちの姿を思い浮かべた。彼女たちは由緒正しい貴族のご令嬢で、幼少期から淑女教育を受けているはず。

……そういえば去り際にフランツィスカ様が、「これからもよろしく」のようなことをおっしゃっていた。当時は、フランツィスカ様が辺境伯夫人になるからよろしく、の意味だと思ったけれど……もしかして。

「……あの、お義姉様。私……フランツィスカ様にお手紙を書いてみようと思います」

私が思いきって言うと、義姉はきょとんとした後に微笑んだ。

「……フランツィスカ様というのは、シェルツ子爵の婚約者候補だった令嬢ですね。確か、侯爵家のご息女だったかと」

「はい。それで……少しでも、お話を伺えたらと」

侯爵令嬢のフランツィスカ様なら、社交界のことや淑女として生きていく秘訣などをたくさんご存じのはず。……ただ、婚約祝いもしてもらったとはいえ彼女から見た私は恋のライバルだから、「ふざけるな！」と一蹴される可能性も十分ある。

そのことも言うと、義姉は大きくうなずいた。

「そうでしょうね。でも……わたくしの予想ですが。きっとフランツィスカ様は驚きこそすれ、あなたを突っぱねたりはなさらないと思いますよ」

「そうでしょうか……？」

「ええ。ただ、手紙を送るにしても文面には気をつけるべきでしょうし……ああ、そうです。わたくしも、文面を考えるお手伝いをしましょう」

「えっ、よろしいのですか？」

義姉たちはわざわざ辺境伯領に来てくださったお客様なのに……と思ったけれど、彼女はころころと笑った。

「当然でしょう？　リーゼさんが素敵な花嫁になるためのお手伝いなのですから、喜んでさせていただきます」

「あ、ありがとうございます！　必ずお礼をします！」

「まあまあ、お礼なんていいのよ。……でもあえて言うなら……」

「言うなら？」

「滞在中、たまにエトムントのお世話をお願いね？」

そう言って片目をつぶる義姉には、勝てそうになかった。

✦

兄一家は半月ほどリーデルシュタインに滞在するそうで、その間三人は主に、郊外にあるキルシュ家の屋敷に滞在していた。そっちには母がいて、父も休みをもらって過ごしているそうだ。ただ私は経理の仕事でちょっと急がなければならない事案があったので、兄夫婦に断りを入れた上で城にとどまることにしていた。

とはいえ、城から屋敷までの距離は馬車で半日もかからない程度のもの。だから天気のいい日は、兄たちが城に遊びに来ることもあった。

「ごきげんよう、シェルツ子爵。ほら、エトムントもご挨拶よ」

「ごきげんよう、夫人。それから……エトムント殿」

「ふふ、ごきげんよう、よ、エッティ。子爵、エトムントに触ってあげてくださいませんか?」

「あ、ああ……」

義姉に挨拶するときは堂々としていたアレクシス様だけど、その腕に抱かれているエトムントの番になるとわざわざ腰を折って身長を縮め、エトムントを怖がらせないように頑張っていた。

今日はご機嫌がいいらしいエトムントは最初、ぱちくりとまばたきをしてアレクシス様を見ていたけれど……義姉に促されたアレクシス様がおそるおそる手を伸ばすと、その指をがしっと摑んだ。

「おお！　これはなかなかの握力だ！　将来は、リヒャルトのような立派な騎士になるかもしれないな！」

「まあ。子爵からのお墨付きなんて、よかったわね、エッティ」

義姉にも言われて、エトムントはますます機嫌がよくなったらしくて——それまで摑んでいたアレクシス様の指を、ぱくりと頰ばった。

「なんと、俺の指が離乳食に見えたのか⁉」

「も、申し訳ありません、子爵！　すぐにお手拭きを——」

「いや、構わない。念のために手を洗っておいてよかった。……エトムント、強い子に育ちなさい。君が成長するのを、俺は楽しみにしている」

わたわたとする義姉とは対照的にアレクシス様はからりと笑い、空いている方の手でエトムントの頭をそっと撫でた。

……その後すぐにアレクシス様は手を洗い、義姉が侍女に呼ばれたので私がエトムントの面倒を見ることになった。面倒を見るといっても、アレクシス様にじゃれて疲れたようでうとうとし始めているので、抱っこしてあやすくらいだ。

もうすぐ一歳になる子どもは、結構重い。でも椅子に座って胸に抱き寄せると、もぞもぞと体をよじらせて抱きついてきてくれた。子どもの体温なので温かくて、顔を近づけるとミルクのような甘い匂いがした。

……可愛い。

「今まで、こうして乳幼児とふれ合う機会がなかったのでわからなかったが……子どもは、こんなに可愛らしいものなのだな」

私の隣に座ってエトムントの寝顔を見ていたアレクシス様がぽつっとつぶやいたので、私は顔を上げた。

「奇遇ですね。私も、エトムントが可愛いなぁ、って思っていたのです」

「そうか。……それに、こうして子どもを抱いてあやすリーゼの姿も、素敵だ。叔母としての姿勢がすっかり板に付いているようだな」

「そ、そうですか？」

「ああ。……俺たちの間に子が生まれたら、きっとリーゼは素晴らしい母親になるのだろうな」

アレクシス様は、少し照れたように言うけれど——私はふと、目の前が一瞬暗くなるような感覚に襲われた。

……かつての私。【一度目の人生】を歩んでいた私はアレクシス様の子を身ごもったけれど、こんなふうに我が子を胸に抱くことはできなかった。産むよりも前に、アレクシス様に斬られてしまったから。

【二度目の人生】を歩む今、私たちは皆、幸せな日々を過ごしている。

でも……あの子は。

【一度目の人生】で、私のお腹にいたあの子は……どうなってしまうんだろう？

もし、このままアレクシス様と結婚して、妊娠するとして。そのときにできる子は、あの子と同じなのだろうか。

——ぞくり、と背筋を悪寒が走り、私はエトムントをぎゅっと抱きしめて体の震えに耐えた。

私は。

未来を変えた結果。

生まれたかもしれないあの子を、消してしまったのではないか——？

「……リーゼ？」

アレクシス様の声に、はっとした。いつの間にかうつむいていたようで、顔を上げて横を見ると心配そうな緑色の瞳と視線がぶつかった。ひょっとすると今の私は、表情が強張っていたのかもしれない。

「どうかしたのか？」

「……。……あの、アレクシス様。仮に、ですけれど」

「ああ」

「お腹の中に赤ちゃんがいる女性が自分の人生をやり直して、過去とは違う未来を歩んでいるとします」

……気が付けば、そんな話をしていた。

今までなら絶対に口に出さなかっただろうけれど、エトムントを抱っこして、【一度目の人生】で産んであげられなかった子のことを考えて、気持ちがざわついていたのかもしれない。

未来を変えたことで唯一後悔していることをアレクシス様に話して、少しでも気持ちを楽にしたい。そんな我が儘《まま》でしかない考えだったけれど、アレクシス様は真面目な顔で話を聞いてくださった。

「その場合……産んであげられなかった子とその女性は、もう巡り会うことはないのでしょうか」

「……哲学じみた話で、なかなか難しいな」

アレクシス様は私の話を聞いても一笑に付したりせず、悩ましげな表情になって考え込んだ。

「リーゼの話を考えるにあたり、他のいろいろな条件も考慮せねばなるまい。……ちなみにその女性の夫君は、どちらも同じ男性か？」

「そうです……い、いえ、そういうことにしておきます」

「なるほど。では、いつかその子と巡り会えることだろう」

顔を上げるとアレクシス様は私に微笑みを向けてから、すうすう眠るエトムントの髪をそっと撫でた。

「両親が同じであれば、未来が変わろうときっとその子は両親のもとに会いに来てくれる。最初産んでやれなかったというのなら、今度こそ産み落とせた我が子との再会を果たせると……俺は考えている」

「……」

「だから、案ずることはない。自信を持って自分が選んだ未来を歩み、いつか我が子と巡り会えたなら今自分にできる限りのことを尽くして愛してあげればいい。……俺なら、その女性にそう言うな」

「……」

じん、と胸が痺れ、同時に頬を叩かれた気持ちになった。

【一度目の人生】の私は……十九歳になる年の早春に結婚して、約一年後に妊娠が判明した。今回の私たちはまだ結婚まで半年以上あるから、今の私がいずれアレクシス様と結婚して子を身ごもることがあっても、【一度目の人生】と全く同じ状況ではないだろう。

でも、そうだとしても。

アレクシス様がおっしゃったとおり、あの子がもう一度私たち夫婦の子として生まれてきてくれるなら。今度こそ、愛情をいっぱいに注いで育てることができるのなら……。

思わず喉まで出かけた「ありがとうございます」の言葉を呑み込み、私はうなずいた。

「……そうですね。私もきっと、そうだと思っています」

「ああ。……それにしても、不思議なことを言うのだな。小説にでも出てきたのか？」

「え、ええ、そんなところです。実は、私が今言ったような状況になった主人公が悩むシーンがありまして……」

「はは、そういうことか。……未来を変えることなんてできないだろうが、もしできたとしても俺だったら変えないだろうな」

「……過去に後悔したことはないのですか？」

私の問いに、アレクシス様は少し考えるそぶりをした。

「ないわけでは、ない。だが……変えたことでこうして、リーゼと婚約できる未来がなくなってしまうのならそれは、俺にとって何よりも悲しいことだからな」

私が思わず言葉を失ってアレクシス様の顔を凝視していると、アレクシス様は大きくうなずいてからエトムントの柔らかいほっぺをむにむにと軽く押した。

「……だがもし何度も人生を繰り返すことになっても、俺はそのたびにリーゼを選ぶ。子どもの頃から君だけを想い、他の令嬢との結婚の話が上がるようになってからも……君だけを妻に迎えたかった、と思っていたから」

「アレクシス様……」

「リーゼ、愛している」

低くて色っぽい声が、私の耳をくすぐる。

顎の下に片手を添えられて、軽く上向かせられる。そうすると視界に、アレクシス様のお顔が広がる。

私は、私は。

この人に、愛されている。

【一度目の人生】では心を病んでしまったアレクシス様に、邪険にされたこともある。「リーゼとだけは、結婚したくなかった」のような言葉をつぶやかれたこともある。

でも……私は今の、優しいアレクシス様の言葉を信じたい。

私も、愛しているから。

「アレク――」

私のつぶやきが、アレクシス様の唇によって塞がれそうになった、その瞬間。

それまでは大人しく寝ていたエトムントがぐずり始めて、私たちは同時にぎょっとしてしまった。

「あ、ああ、エトムント！　どうしたの、おしっこが出たの⁉」

「いや、これはまさか……空腹なのでは？」

「そうなのですか？　……ああ、だめよ、エトムント。そこを触ってもお乳は出ないわ！」

「そこはまだ俺ですら触ったことがないんだぞ！　ほら、食事の準備をしてもらうから、泣きやみ……うわっ⁉」

「エトムント、アレクシス様の御髪《おぐし》も食べ物じゃないわよ！」

「アレクシス様、リーゼ様！」

すぐに離乳食やおむつを持ったメイドが駆けつけてくれて、エトムントを引き渡すことができた。

そうして私たちは二人してよだれまみれになってしまったので洗面台で顔や手を洗い、

「子どもの世話も大変ですね」「そうだな」と苦笑し合ったのだった。

間章　リヒャルトの物思い

挨拶を終えた後に部屋を出ていく妹の背中を、リヒャルトは目を細めて見つめていた。

リヒャルトは十八歳で成人して間もなく、彼の優秀さを高く評価した王国騎士団から熱心なスカウトを受けた。彼としては故郷の騎士団に入りアレクシスの側で仕事をしたいと思っていたが、王国騎士団員への憧れもある。

かなり悩んだが、アレクシスから「おまえにはおまえが一番輝ける場所で活躍してほしい」と激励の言葉をもらえたし、辺境伯からも「リーデルシュタインの騎士として立派に務めを果たしてきなさい」と背中を押してもらえたため、王国騎士団になることを決めたのだった。

そこでリヒャルトは上官の娘であるレナーテと知り合い、結婚した。おっとりとしておりリヒャルトとは読書という共通の趣味もあった彼女との結婚生活は充実しており、去年には息子も生まれ家族三人で幸せに暮らしている。

そういうことでリヒャルトも既に家庭を持つ身だが、もちろん実家の家族のことも大切にしている。結婚してからはなかなか顔を見せられなくなったが、久しぶりに会った両親はとても元気そうだし……三つ年下の妹については、とんでもないことになっていた。

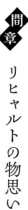

ふと、視線を感じたのでリヒャルトは振り返った。そこには、緊張の面持ちのアレクシスが。

……アレクシスとリーゼの仲がいいことは、子どもの頃から知っていた。そして――妹がアレクシスに対して叶うことのない恋心を抱いていることも、それと同時にアレクシスもまたリーゼに対して深い愛情を向けていることも、知っていた。

兄として、リーゼには幸せになってほしい。そして乳兄弟として、アレクシスにも幸せになってほしい。だが――それは二人が結ばれることではないのだと、わかっていた。

だからリヒャルトはどちらかというと、二人が不用意に近づくことを阻止していた。

騎士の娘では、辺境伯夫人にはなれない。法律的に禁じられているわけではないが――これほどの身分差があって生半可な気持ちで結婚しても、誰もが不幸になるだけだ。アレクシスは高位貴族の令嬢と、そして妹はリヒャルトの同期あたりの騎士と結婚するのがお互いのためだろう、と思っていた。

……だがどういうことなのか、リヒャルトが王都で暮らしている間にいろいろと物事が進んでいたようだ。去年の秋から冬にかけての間に起きたことをリヒャルトは全て事後報告として聞いたので、「なんだそれ!?」「どうしてそうなるんだ!?」と王都の屋敷で叫んで、レナーテを心配させてしまった。

リヒャルトを見つめるアレクシスが、口を開いた。

「……その、義兄上」

「さっきも言いましたが、普通に呼んでください」

「では、リヒャルト殿」

「呼び捨てにしてください。僕が義理の兄になるからといって変な振る舞いをする男に、リーゼをやることはできません」

「わかった、ではリヒャルト」

アレクシスは素直に態度を戻すと、深々と頭を下げてきた。

「リーゼとの結婚を認めてくれて、ありがとう。おまえに祝福してもらえることほど、嬉しいものはない」

「……」

それを聞いたリヒャルトは……「あれっ、僕ってアレクシス様に対して、妹との結婚を認めるって言ったっけ？」と一瞬思った。だがまあ結局は認めるつもりなので、余計なことは言わずにうなずいた。

「こちらこそ、妹をもらってくださり嬉しいです。ですが……兄だから言えるのですが、本当にリーゼでいいんですか？」

「リーゼがいい。リーゼ以外の女性と添い遂げることなんてもう想像もできないし、逆にリーゼが俺以外の男のもとに嫁ぐことを考えるだけで嫉妬で頭がおかしくなってしまいそうだ」

「ああ、はい、それくらい好きなんですね……」

アレクシスとリーゼ、二人のことを昔からよく見ていたリヒャルトからすると、どちらも相手に対して「好き」という感情を向けているのは同じだが、その方向性と重さはちょっと違うと気づいていた。簡単に言うと、リーゼからアレクシスに向ける感情の方はしっとり慎ましい感じなのに対して、アレクシスからリーゼへの愛情の方は若干重くて、ねちっこい感じがしていた。

「アレクシス様、昔からリーゼのことばかり見ていましたものね」

「な、なんだ、リヒャルトにもばれていたのか」

「見ていればわかりますよ」

リヒャルトが苦笑すると、アレクシスは少し難しい顔になった後にリヒャルトをソファに勧めた。そしてメイドを呼んでワインの仕度だけをさせてすぐ下がらせ、自らボトルを開けた。

「僕がしますよ」

「いや、俺がしたい気分なんだ。未来の義兄上の酌をするのも、義弟の仕事だからな」

「……まあ、そうなさりたいのならなさってください」

二人でワイングラスを持ち、チン、とぶつけ合う。リーデルシュタイン城秘蔵のワインは酸っぱいのでリーゼは苦手らしいが、リヒャルトはこの酸味が好きだった。

「……覚えていますか。あなたの、十八歳の誕生会のこと」

ワインを半分ほど飲んでからリヒャルトが切り出すと、彼よりも速いペースで飲んでいたアレクシスはゆっくりうなずいた。

「覚えている。俺は十八歳の成人を迎えたことを国王陛下に報告して、その後城に帰ってきたのだったな」

「ええ、そうです。それで、十八歳の成人記念のパーティーが開かれました」

ゲルタ王国の貴族は十八歳になったらまず王城に行き、国王に挨拶をする。その間、領地では令息令嬢たちの成人記念パーティーの準備が進められている。

アレクシスがリヒャルトたち部下を連れて帰城した数日後、リーデルシュタイン城で盛大なパーティーを開いた。辺境伯家唯一の子息の成人祝いということで多くの客人たちを招いており、帰ってきたアレクシスは彼らに挨拶をしたり贈り物をもらったりした。リヒャルトもアレクシスの側近として、彼に付き従っていた。

だがその会場に、リーゼはいなかった。ただの騎士の娘であるリーゼは、辺境伯令息であり当時既にシェルツ子爵位も賜っていたアレクシスのパーティーに招待される身分ではなかったのだ。

「そして、パーティーの後の廊下で……リーゼと会いましたね」

昔を思い出しているのか、アレクシスは懐かしそうな……そして嬉しそうな眼差しになった。

「リーゼを招待することはできなかったが、俺のために着飾って会いに来てくれたんだったな」

「ええ。騎士の娘ごときがアレクシス様にご挨拶するなんて、と父は猛反対でしたが……リーゼは城まで来ていたので、僕が二人を引き合わせたのですよね」

「そのようだな。おまえには感謝しかない」

アレクシスは笑顔で言う。だが……当時、リヒャルトは最後まで迷っていた。

どうせ結ばれない二人なのだから、下手に期待を持たせることをするのはかえって酷だ。だが、リヒャルトはどうしても……「おしゃれをして、アレクシス様に一言でいいからお祝いの言葉を贈りたい」という妹のお願いを無下にはできなかった。そして、アレクシスもまた誰よりもリーゼからの「おめでとうございます」を欲しているのだろうと思い……父に叱られることを覚悟の上で、二人を会わせたのだった。

リーゼはキャラメル色のドレスを着ており、化粧もしていた。リヒャルトは少し離れたところから二人の様子を見ていたのだが……可愛らしく着飾った十五歳のリーゼを見るアレクシスの目には、はっきりとした恋の炎が宿っていた。

「……ああ」

「あのときは、さすがにちょっと焦りましたね。もしここに僕がいなかったら、アレクシス様はリーゼをかっさらってそのまま部屋に連れ込んでしまうんじゃないかと思いましたよ」

「むっ、さすがにそこまでは……しなかった、と、思う……たぶん……」

ここで断言できずに口ごもるのが、アレクシスという男である。

もじもじする美丈夫を眺め、リヒャルトは既に空になっていたアレクシスのグラスにワインを注いだ。

「そういうこともあって僕、あなたやリーゼのことをすごく心配していたのですが……収まるところに収まったようで、本当によかったです。婚約者候補の令嬢たちからも理解を得られたそうですしね」

「ああ。ここで誠意を見せねばと思った」

そう言ってアレクシスは新しく注がれたワインをすすり、ふと、静かな眼差しになった。

「……俺は子どもの頃から、リーゼが好きだった。誰よりも、愛していた」

「……ええ、知っています」

「俺を慕ってくれるリーゼを、あの可愛い笑顔を、守りたい。リーゼと手をつないでリーデルシュタインの野を歩いていたかったし……いつか子を持たねばならないのなら、リーゼに産んでほしかった」

なかなかきわどいことを言われたが、リヒャルトは何も言わない。今の発言は、高位貴族の令息で国境を守る辺境伯家の当主となるアレクシスだからこそ、真剣に考えていたことだろうから。

辺境伯にはアレクシス以外の子がいないから、彼は子どもの頃から跡継ぎを確保する大切さを教わっていた。アレクシス自身、その意味をよく理解していたのだろうが……叶うことなら好いた女性に子を産んでほしいと願うものだろう。

「最初の婚約者との話がまとまってからも、ずっと引け目のようなものを感じていた。無論、リーゼに対してではなくて、その女性に対してだ。俺は、リーゼに対する愛情に勝るくらい彼女のことを愛せるのだろうか、と悩んでいた」

「……」

話を聞きながらリヒャルトは、不器用な男だ、と思った。

アレクシスがもっと器用で割り切りのいい男だったら、ここまで悩まなかっただろう。

だがアレクシスは素直で不器用で、優しい男だ。妻を迎えるからには世界で一番彼女を愛さなければならない、と強く思っていた。それでもなお彼の心にはリーゼがずっといたから、彼は一人で苦しんできたのだろう。

件の公爵令嬢について、リヒャルトは当時こそかなり怒った。だが今思えば、彼女に逃げられたからこそアレクシスは心に秘めた愛をリーゼに伝えることができるようになった。彼から苦しみを取り除くことができた。

「……あなたは、リーゼを愛してくださるのですね」

「ああ。大切に慈しみ守る。ずっと彼女が笑顔でいられるよう、俺は全力を尽くす」

「ありがとうございます」

「……それで、だな」

そこでアレクシスは咳払いをして、少し身を乗り出してきた。よく見ると、頬がほんのり赤い。アレクシスはかなりの酒豪だったはずだが、どんどん飲んだので普段より早く酔いが回ったのかもしれない。

「リヒャルトは、既婚者だろう。だからリーゼと結婚するときに備えて、いろいろと話を聞いておきたくて……」

「えええ……僕、妹とアレクシス様の結婚生活について助言するのはなんだか嫌です」

確かに上流階級の男性貴族は、サロンなどでそういうことを話すものらしい。だが相手がただの知人ならともかく目の前にいるのは乳兄弟のアレクシスだし、彼が恋い慕っているのはリヒャルトの実の妹だ。

「そこを、なんとか！　俺はリーゼを愛でるつもりでも、泣かせてしまいそうなんだ！」

「なんか容易に想像できそうなのが悲しいところですが、さすがに生々しいのでちょっと遠慮します」

「くっ……。ああ、リーゼ。至らぬ俺を許してくれ……！」

「酔ってますねぇ」

ぐっと巨大な拳を固めて悔しそうに言う乳兄弟を見て、リヒャルトは心の中で妹に「頑張ってこの人を御してくれよ」と語りかけたのだった。

5章 淑女になるために

兄夫婦が王都に帰って、しばらくした頃。

「……返事、いただけた……」

郵便係の青年から受け取った、キルシュ家宛ての手紙の束。その中からひときわ豪華な封筒を見つけ、その宛先が私になっているのを確認して束から引き抜く。

どきどきしながら文面を読んだ私は、すぐにそれを手にアレクシス様の部屋に向かった。


「失礼します」

アレクシス様の執務室に入ると、中には若い書記官たちの姿があった。何か調べ物をしていたらしい彼らは私を見ると姿勢を正し、「ごきげんよう、リーゼ様」と挨拶をしてきた。

かつては「リーゼさん」と気さくに呼んできた彼らも、今では私を未来の辺境伯夫人として扱っている。

「お疲れ様。……アレクシス様は奥にいらっしゃるかしら？」

「はい。ご用事でしょうか？　今は休憩時間なので、すぐにお通しできますよ」

「ええ、ちょっとお話ししたいことがあって……あっ」

「ああ、やはりリーゼか」

話をしている間に奥の部屋のドアが開き、書類仕事用のおしゃれなシャツ姿のアレクシス様が出てきた。そして大股で私のところまで来ると空いている方の手を取り、ちゅっと手の甲にキスをする。

「隣の部屋から鈴を振るかのような可憐な声が聞こえてきたから、まさか……と思ったら、やはり俺の可愛い恋人が来ていたようだな」

「も、もう！　言いすぎです！」

ほら！　まだ十代半ばくらいの書記官たちが、顔を真っ赤にしてこっちを見ているでしょう！　中には書類を取り落とした子もいるし！

「それで？　俺の未来の奥さんは、どういうご用件で来てくれたのかな？　まあ、どんな理由でも大歓迎ではあるが」

「え、ええと……少し、ご相談したいことがございまして」

「ああ、なんだ？　リーゼのおねだりなら、なんでも叶えよう。何がほしい？」

「ものがほしいのではなくて……少し、王都に行きたくて」

「王都？」

アレクシス様が首を捻ったので、彼と一緒にソファに向かった私は持っていた手紙を見せた。

「これ、フランツィスカ様からのお手紙です。以前私の方からお送りしていて、その返事をいただけたのです」

「ふむ……？　フランツィスカ嬢といえば、フォルクヴァルツ侯爵家のご令嬢だな。リーゼとは文通する仲だったのか？」

もちろん、そういうわけではない。

この前兄が帰郷した際に義姉のレナーテさんと一緒に文面を考えた、フランツィスカ様宛ての手紙。それには、「あなたのような淑女になるためのご助言を願いたいです」という旨をしたためていた。

言葉を慎重に選びながら書いたけれど、返事がなくても仕方ないと思っていた。でも、今日受け取った返事には――

「フランツィスカ様が、侯爵邸にお招きくださったのです。十日ほどそちらで過ごさないか、とのことです」

「侯爵邸に……？　ううむ……フォルクヴァルツ侯爵閣下は寛大なお方だったが、そちらにリーゼを滞在させるのは相手方に申し訳ないような……」

アレクシス様は、辺境伯家のご令息として意見をおっしゃった。

「フランツィスカ様ご本人からの、お誘いですから。……私は、行きたいです」

「だが……」

「私、そこでフランツィスカ様から教えを請う予定なのです。私たちの結婚まで、あと一年といったところですが……少しでも、淑女になりたくて」

手紙を胸に寄せ、私は言った。

フランツィスカ様は「淑女になりたい」という私の言葉を受け止めてくださったようで、滞在期間中に教えを施してくださると手紙に書かれていた。「あなたが本気なら、どうぞおいでなさい」と私を試すような、たきつけるような言葉も添えられていて……絶対に行かなければ、という気持ちにさせられた。

「あなたは、今の私を愛してくださいます。でも、私は私にできることは挑戦してみたいのです。いずれ、あなたの妻として恥ずかしくない振る舞いができるようになるために」

「リーゼ……」

アレクシス様は言葉を失った様子で、さっと口元を手で覆った。

「……そ、それはつまり、俺のため……ということなのか?」

「ええ、そうですね。それからもちろん、私自身のためでもあります」

「……。……そうか。君がそれほどの決意を持っているのなら……俺は応援するしかないな」

アレクシス様は手を下ろすとふわりと微笑み、私の頰の横を流れる髪の房を手に取った。

「わかった。気をつけて行ってきてくれ」

「ありがとうございます!」

「しかし……あちらに十日滞在するとして、ここから王都までの往復距離も考えると……半月以上リーゼに会えないことになるのか」

許可をもらえてほっとする私だけど、アレクシス様は悩ましげに眉を寄せた。

「半月以上、君の声を聞けず、君の甘い匂いを嗅ぐこともできず、肌のぬくもりを感じられず、こうして髪に触れることもできないなんて……気が狂ってしまいそうだ。耐えられるだろうか……」

「え、ええと……そう言ってくださるのは嬉しいのですが、耐えていただかなければちょっと困ります……」

「そうだよな……。よし、では出立時間ぎりぎりまでリーゼを抱きしめて、会えない期間の寂しさを紛らわせるようにしよう」

「そ、そうですね。そうしてください……」

「ああ。……可愛いリーゼ。抱きしめさせてくれ……」

そうしてアレクシス様にぎゅうぎゅうと抱きしめられる私は、彼の肩越しに見えたものにより、思い出した。

そういえばこの部屋、私たち二人きりじゃなかったのだ、と。

リーデルシュタイン領の大地が白銀に染まる頃、私は王都に向けて出発した。

旅のお供はリーデルシュタイン騎士団の小部隊一つと、使用人たち。ただの騎士団長の娘だった頃の私なら護衛と御者とメイドが一人ずつで十分だったけれど、「アレクシス様の未来の奥方」である今はそれなりの警備や使用人が必要だった。

「それにしても、アレクシス様は見せつけてくださいますねぇ」

動き出した馬車の中で嬉々《きき》として言うのは、マリー。今回の旅の同行者としてマリーは自己推薦して、私の世話係兼おしゃべり相手になっていた。

……彼女の言わんとすることがすぐにわかり、じわじわと頬に熱が上ってきた。出発前まで、アレクシス様は私を抱きしめていたのだ。

彼は周りに人がいるかいないかはあまり気にしないようで、マリーたちはともかく見送りに出てきていた辺境伯様や私の父までもが見る前でも堂々と私を抱きしめ、髪に鼻先を突っ込んで匂いを嗅ぎ、額や頬にキスを落としまくっていた。

とどめのように「素敵な淑女になった君の姿を見られることを、楽しみにしている」と耳元で囁きそこにもキスをして、やっと私を馬車の方に送り出してくれた。おかげでこれから旅だというのに、私はすっかりへろへろになってしまった。最後にちらっと見たとき、アレクシス様は満面の笑みだったけれど辺境伯様は呆《あき》れた顔だったし、その隣にいたはずの父はいつの間にか姿を消していた。

「……そう、ね。アレクシス様、人前でああいうことをするのに忌避感がないそうだから……」

「ああ、それはきっとご幼少の頃から人に見られる生活をなさっているからですね。むしろ、しっかり見せつけたいのではないですか？　アレクシス様って、こう、執着心が強そうな感じがしますし」

マリーの言葉は的を射ている。

心を壊されていた【一度目の人生】のときと違い、今のアレクシス様は私への好意や愛情をものすごくオープンにしている。とはいえ、彼とは生まれた頃からの付き合いと言ってもいい私だけど、あんなにベッタベタに甘い言葉を吐かれるなんて知らなかった……。子どもの頃はまだ、「可愛い」と言ってもらうくらいだったのに……。

ぐるぐる考え込む私をよそに、マリーは自分の両手を握り合わせて、ほう、と艶っぽいため息をついた。

「ああ……あたしもいつか、アレクシス様みたいな素敵な人に甘く囁かれてみたいです！」

「ふふ……マリーもきっと、いい人が見つかるわよ」

「ありがとうございます！　こう、愛が過ぎてちょっと束縛してくるくらいの人がいいんですが、騎士団とかにいませんかねぇ」

……そ、そうか。どうやら、マリーは執着系男子がお好きみたいだ。

馬車での旅は順調で、予定の日には王都に到着することができた。

王都に来るのも久しぶりで……兄の結婚以来だろうか。あのときはせっかくなのであちこち散策してお土産もたくさん買ってしまって、皆に呆れられたっけ。

フランツィスカ様がお住まいのフォルクヴァルツ侯爵邸は、王都の南側を占める貴族たちの邸宅エリアの一角にあった。王都は王城を中心に北側が一般市民の住宅街でそこに市場などもあるけれど、広い王都の三分の二ほどを貴族の屋敷が占めているそうだ。なお、ここにリーデルシュタイン辺境伯邸もあるけれど、社交シーズン以外は使われないそうだ。

由緒正しいフォルクヴァルツ侯爵邸は……最初、城だと思った。というか、リーデルシュタイン城に負けないくらい立派な城だ。正面門から玄関までの間を、馬車で移動する必要がある。おまけに敷地内にも練兵場や庭園、畑まであるようで……王都内の屋敷でこれなのだから、領地にある城はもっとすごいのだろう。

「ようこそいらっしゃいました、リーゼ・キルシュ」

まずは当主であるフォルクヴァルツ侯爵閣下にご挨拶した後、執事の案内で向かった応接間で、フランツィスカ様が私たちを迎えてくださった。

以前リーデルシュタインでお見かけしたときはお忍び用なのかシンプルなドレス姿だっ

たから、濃い赤色のドレスを着こなす姿には思わず目を奪われてしまった。これでも普段着用ドレスだから、パーティー用ドレスだともっと豪華なものになるのだろう。もう、想像もつかない……。

「お久しぶりです、フランツィスカ様。私のような者をお招きくださり、ありがとうございました」

「わたくしが個人的にあなたという人を気に入って、お話をしたいと思ったから招いたのですよ。だから、そうへこへこしないことでしてよ」

右手に持っていた扇子の先で私の胸元を示して言われたので、はっとした。確かに、せっかくフランツィスカ様のご厚意でお招きくださったというのに私が自分を卑下しすぎたら、「あなたという人を気に入って」くださったフランツィスカ様に対しても失礼になってしまう。

……もう、淑女教育は始まっていたようだ。

私が姿勢を正すと、それを見たフランツィスカ様は小さく笑った。

「いやだわ、そんなしゃちほこばらないでいいのですよ。……それにしても、驚きました。あなた、わたくしが思っていた以上に勇気も胆力もおありのようで」

「お褒めにあずかり、光栄です」

そこで入室したメイドが、しずしずと茶の仕度を始めた。リーデルシュタイン城では使用人でもわりと気さくにおしゃべりをしていたけれど、ここで働くメイドも兵士も仕事中一言もしゃべらず、やるべきことを手際よくやり終えるとすぐに去っていった。その姿を、壁際に立つマリーが目を皿のようにしてじっと見つめていた。

「お食べなさい」

「ありがとうございます。ですが、フランツィスカ様の前で失礼なまねをしないかと、いささか不安でして……」

「そうね。でも、あなたの今の礼法がどの程度なのかを確かめるよい機会になるでしょう？まずはあなたにできる限り上品に食べ、飲んでみなさいな」

「かしこまりました」

緊張しつつもティーカップを手に取り、温かい紅茶を口にする。そして小さなフォークを手に取ってタルトを食べる私の姿を、フランツィスカ様は何も言わずに見守っていた。

そして私が一通りのものを味わってから、彼女は「そうですね……」とつぶやいた。

「あなたが己の動作に注意を払っている様は、よくわかりました。ただ気になる点はあるので、後々指摘しますが……まず、リーゼ・キルシュ」

「はいっ！」

「ふふ、元気のいい声ね。……今、あなたは紅茶と菓子を口にしたけれど……こういうときにあなたが一番気をつけるべきことは、なんだと思います？」

フランツィスカ様に問われて、私はさっき自分が使ったフォークを見下ろした。

普通に考えたら、「自分にできる限り上品に振る舞う」ことだけど……ちらっと顔を上げた際に見たフランツィスカの瞳からはなんだか、別の答えを所望しているように思われた。

「難しく考えなくてもよろしくてよ。……そうね。もしここにアレクシス様がいらっしゃれば、あなたがどう振る舞えば彼が喜ぶと思いますの？」

「アレクシス様が……」

そう言われて私は、フランツィスカ様の姿をアレクシス様に置き換えた。

アレクシス様と婚約してから、何度もお茶を飲んだりお菓子を食べたりしたけれど……どういうときに、アレクシス様が一番喜ばれるかと言われたら……あっ。

「……ええと。アレクシス様は、私がおいしそうに食べている姿が可愛いとよくおっしゃってくださいます」

「……くっ」

「えっ？」

「いえ、なんでもありません。……ふふ、そう、なるほど。彼、婚約者の前ではそんなことをおっしゃるのですね」

どうやら先ほどの小さな声は、フランツィスカ様がお笑いになった音だったようだ。口元を扇で覆っているけれど、目元は優しく笑っていた。

「そう、それでいいのよ。……リーゼ・キルシュ。我が家のメイドが作った菓子や淹れた茶のお味は……いかがだったかしら？」

フランツィスカ様に言われて、やっとわかった。

おいしいものを食べたら、おいしいと言う。それを提供してくれた人に、さりげなく礼を言う。それは……リーデルシュタイン城の庭だろうと侯爵邸の応接間だろうと、同じなのだ。

少しだけ肩の力が抜けて、私はぎこちなくも笑うことができた。

「……はい。とてもおいしいです。素敵なお茶とお菓子を、ありがとうございました」

「そう、その笑顔。……アレクシス様は、あなたのその笑顔がお好きなのでしょう。であればあなたがいつでもどこでも、アレクシス様を励ませるその笑顔と、素直な態度を貫いていなさい。礼法や社会の常識など、守るべきものもたくさんあるでしょうが……そんな中でも己の美点を貫き通せることがよい淑女なのだと、わたくしは思っていますよ」

そう言うフランツィスカ様の笑顔は、とてもまぶしかった。

それからの滞在期間中、私はフランツィスカ様から様々なことを教わった。

礼儀作法や言葉遣いはもちろん、フランツィスカ様が幼い頃に使われていた社交界ハンドブックや教科書も譲ってくださり、これでしっかり勉強しろと激励していただいた。

また社交界では多才な女性が好まれるようなので、絵画や器楽、刺繍なども教えてくださった。不慣れなものばかりだけれど幸い私は自分で思っているよりは物覚えがよかったようで、楽譜の読み方や簡単なデッサンのし方などは最低限覚えたし、フランツィスカ様からも「あなた、地頭《じあたま》はいいし要領も悪くないですね」と褒めてもらえた。

……ただ、刺繍はちょっとだめだった。

「……ど、どうでしょうか？」

「……最後まで諦めなかった姿勢だけは、評価しましょう」

「ですよね……」

花瓶の載ったテーブル越しにフランツィスカ様と向かい合って座り、その花をモチーフにしたデザインをハンカチに刺繍する。

そういう課題だったのだけれど、私はフランツィスカ様の三倍近い時間がかかったくせに、できあがったものは——

「……首の長いクリーチャーかしら？」

「一応お花のつもりです……」

「わかっています。……はぁ、完成したものを交換しましょうという話だったのに……」

「す、すみません。あの、これは処分しますので……」

「何を言っているの。それ、よこしなさい」

「えっ……」

クリーチャー作品を刺繍枠から外していた私が顔を上げると、フランツィスカ様はずいっとご自分のハンカチを押しつけてきた。そっぽを向いているけれど……よく見ると、頬がほんのり赤い……？

「……わたくしは前言撤回などしなくてよ。ほら、それをもらうから、これを受け取りなさい。せいぜい結婚までには、これくらいのものが作れるようになりなさいよ」

「まあ……！　ありがとうございます、フランツィスカ様！　……ふふ、プレゼント交換みたいで、なんだか嬉しいですね」

「っ……」

フランツィスカ様はとうとうこちらに背を向けてしまったけれど……偶然そちら側の壁に立っていたマリーが私を見て微笑んでくれたから、嫌われたわけではないとわかって安心できた。

✦

フランツィスカ様からいろいろ教わっていると、あっという間に日にちが経過した。

「明日はもう、ここを出発しますね」

「そうね。なんだかあっという間だったわ」

明日は出発という日の夜、豪華な客室で私はマリーに髪をといてもらっていた。

フランツィスカ様は私のために一等客室を用意してくださっただけでなくて、バスタブでは高価な香油を使い、お肌ケア用の化粧品なども惜しみなく譲ってくださった。……そう、貸してくださった、ではなくて、譲ってくださったのだ。

さすがに恐れ多いです、と遠慮しようとしたけれど、フランツィスカ様からは「それ、使いかけだけれどもう要らないの」とあっさり言われた。でもその後には侯爵邸付きのメイドからこっそり、「リーゼ様のためにと、お嬢様が自ら購入なさいました。もちろん、一度も使っていませんよ」と教えてもらった。そして、「お友だちにプレゼントをしたいと思っていたの、とおっしゃっていましたよ」とのおまけ付きで。

……侯爵邸の使用人たちは仕事中はクールな感じだったけれど、案外お茶目なのかもしれない。

そんなことを考えていると、ドアがノックされる音がした。急ぎマリーが様子を見に行って、すぐに慌てて戻ってきた。

「リーゼ様、フランツィスカ様がお越しです！」

……えっ!?　もうあとは寝るだけだというのに、いらっしゃったの!?

「ええっ!?　ど、どうしよう……もう寝間着に着替えているわ！」

「で、ですが、その……どうやらフランツィスカ様も、リーゼ様と似たようなご格好のようで……」

「……。……ど、どうして？」

慌てて寝室からリビングに向かうと、そこには私が連れてきた騎士や使用人が困った顔で立っていて、ソファには堂々とフランツィスカ様が座っていらっしゃった。マリーが言うように、寝間着にガウンを羽織っただけの姿だ。髪も下ろしていて、豊かな金色の巻き毛が背中を流れている。

「フランツィスカ様……！」

「夜分遅くに、ごめんなさいね」

「滅相もございません。しかし、何かご用事でしょうか……？」

……あっ！　も、もしかしてこれは、十日間の勉強内容を私がきちんと覚えているかの、最終抜き打ちテストだったりする⁉　リーデルシュタイン騎士団でもよく、父が抜き打ちテストとやらを見習いに課すと聞いていたから……その一種なのかもしれない！

そう思って少し身構えた私だけど、クッションを抱えていたフランツィスカ様はなぜか黙ってしまった。そして、マリー以外の使用人や騎士たちに出ていくよう言ってから、少しだけ顔を上げた。白い肌が、ほんのり赤く染まっている。

「その……あなた、明日には出発するでしょう？」

「はい、その予定です」

「この十日間、わたくしはあなたにみっちり淑女教育を施しましたね？」

「はい、フランツィスカ様たちには感謝の言葉しかございません」

「そうね。……そ、それでね。せっかくこうして親交を深められたのだから…………を、してみたくて」

「申し訳ございませんが、もう一度おっしゃってくださっても……？」

最後の方はほとんど聞き取れなかったのでお願いすると、フランツィスカ様はさっと顔を上げてぽんぽんとソファの背もたれ部分を叩いた。

「だ、だから！　一度、恋のお話というものをしてみたかったの！」

「……恋の……」

最初、どういうことかと思ったけれど……すぐにわかった。そういえば経理部の同僚も「恋バナ」が好きで、休憩時間にはお茶を飲みながら皆で好きな男性のタイプや今の恋人とのあれこれとかについて話していた。

なるほどそれのことか……と思ってから、気づいた。侯爵令嬢であるフランツィスカ様は親しい令嬢友だちもいるだろうけれど、いわゆる恋バナというものをしたことはないのかもしれない。それこそこうやって、年の近い女性同士リラックスした状態でおしゃべりをするとか、恋の話をして夜更かしをするとか、そういうことも。

ふわ、と温かいものが胸にあふれてきて、私はうなずいた。

「わかりました！　では僭越ながら私が、恋バナのお相手になりましょう！」

「コイバ……ナ、とおっしゃるのね」

「あっ……失礼しました。俗な言い方で……」

「いいわ。……しましょう、コイバナ」

ふふっと笑ったフランツィスカ様は、これまでの日々で見せていた淑女らしい艶然とした微笑みではなくて、ごく普通の女の子のように愛らしく笑っていた。


その夜、私たちはソファに並んで座って、アレクシス様のことや……最近フランツィスカ様が気になっているらしい貴公子の話などをした。私は貴族の皆様の優雅な恋模様の話にどきどきしっぱなしだったし、フランツィスカ様も私とアレクシス様のデートについて聞いて、「そういう時間の過ごし方、素敵ね」と目尻を緩ませていた。

マリーが就寝前に出してくれたレモン水片手におしゃべりをして解散したのは夜中過ぎだったので、おかげで翌朝は寝坊した。でも、朝のご挨拶をした際のフォルクヴァルツ侯爵閣下からは、「娘の友だちになってくれたこと、感謝する」と言われた。

侯爵閣下の執務室を出た後のフランツィスカ様は、お怒りだった。

「お父様ったら、とんでもないことをおっしゃるのですから！」

「……私は、その……嬉しかったです」

「……なんですって？」

正直に言うと、フランツィスカ様がむすっとして振り返った。でも、彼女のこの表情は不機嫌なのではなくて……驚いているのだと、この日々で私は学んでいた。

「私はフランツィスカ様とは天と地ほどの身分差がございますが……それでも、わずかな間でもあなたのお友だちになれて、よかったと思います。私にたくさんのことを教えてくださり、ありがとうございました」

そう言って、この十日間で鍛えてもらった淑女のお辞儀をする。初日は「操り人形の方がまだましです」と言われるくらいひどいものだったけれど、毎日繰り返し練習することで少なくとも操り人形よりはなめらかなお辞儀ができるようになったはずだ。

フランツィスカ様が黙っているので、おずおずと顔を上げる。フランツィスカ様はしばらくの間、目を瞬かせていたけれど……やがて、くるりとこちらに背を向けた。

「……別に、わずかな間ではなくってよ」

「フランツィスカ様……！」

「ほ、ほら、帰る仕度をするのでしょう！　辺境伯閣下やアレクシス様へのお土産も用意しておりますので、来てくださいまし！」

ぷんっとすねたような口調で言ったフランツィスカ様が足早に歩いていったので……私

はつい笑みをこぼし、彼女の後を追った。

✦

フォルクヴァルツ侯爵邸での十日間の滞在を終え、しかも去り際には馬車からあふれそうなくらいのお土産までもらい、私は帰路についた。往路と同様に復路も好天に恵まれ、私は最初に皆に知らせていたとおりの日にリーデルシュタイン城に帰ることができた。

「リーゼ！　ああ、俺の愛する人が無事に帰ってきてくれた！」

「わあ、アレクシス様の声、ここまで聞こえますね」

馬車が城門をくぐった時点で、アレクシス様の声が聞こえていた。車窓を開けると、玄関前に立つアレクシス様の姿が。その姿を見るのも半月以上ぶりになるけれど、お元気そうで何よりだ。

馬車が停まって御者がドアを開けると、アレクシス様が正面玄関前の階段を足早に下りてきた。

前の私ならここで急いで馬車から飛び降りて、アレクシス様のもとに駆けたかもしれないけれど……今は違う。

御者に向かって手を差し出し、彼のエスコートを受けて踏み台から降りる。そしてきょとんとした顔のアレクシス様を見上げて、淑女のお辞儀をした。

「お久しぶりでございます、アレクシス様。お変わりがないようで安心いたしました」

「リーゼ……」

「そして、充実した休暇を過ごさせていただきましたこと、感謝いたします。明日より通常通りお仕えしますので、どうぞよろしくお願いします」

そう言って胸に手を当てて微笑むと――アレクシス様も同じようにご自分の心臓付近に手を当てて、はあ、と熱っぽいため息をついた。

「なんということだ……ただでさえ愛らしかったリーゼが、こんなに艶やかに笑うようになるなんて……！」

「フランツィスカ様に鍛えていただきました。……これからも精進しますね」

「ああ、期待している。だが……そうか。リーゼはあちらで、充実した時間を過ごせたのだな。フォルクヴァルツ侯爵閣下やフランツィスカ嬢に、礼の手紙を送らねばな」

「はい。私からも改めてお礼と、無事に帰れたことのご報告をしようと思います」

私が言うと、アレクシス様は満足そうにうなずいた。……そして腕を広げ、ぎゅっと私を抱きしめてきた。

「アレクシス様……！」

「……俺の知らない匂いがする」

「ええと、はい。フランツィスカ様から、化粧品なども譲っていただいたので……」

「そうか、彼女と親しくなれたのだな。……だが、わかっていても……少しだけ、妬《や》けてしまうな」

アレクシス様は微笑んで私の頬を指先でそっと撫でた後に、「なあ」ととろけるような優しい声で囁き、私の胸の奥をくすぐってきた。

「ここ半月ほど、君に会えなくて寂しかった。……その分、今日は君を独り占めしたい。あちらでどんなことをしたのか、どんなことを学んだのか……教えてくれるかな？」

どうやら今のアレクシス様は、甘えたがりになっているようだ。

『あなたたちは、お互いのことをきちんと言葉にできる、素敵な間柄なのね』

恋バナをした夜、フランツィスカ様がそうおっしゃっていた。

アレクシス様が与えてくれる愛情の分だけ、私も彼に愛情を返したい。言葉で、態度で、気持ちを伝えたいから。

「……はい、独り占めしてください。私がどんな淑女になったのか、ちゃんと確かめてくださいね？」

つま先立ちになってアレクシス様の耳元で囁くと、その大きな体がぴくっと震えた。そして彼は低く笑うと、私の額に軽くキスを落とした。

「……言うようになったな。本当に……君は俺にはもったいないくらいの、素晴らしい女性だ」

愛している、と私にしか聞こえない声量で囁いてからアレクシス様は腕を放し、私の肩を抱いて歩き出した。

……フランツィスカ様。私、きっと立派な淑女になります。

ジャケットの胸元に手を当てて、そこに入れている美しい刺繡入りのハンカチに、私は誓った。

間章　フランツィスカの物思い

フランツィスカは、ゲルタ王国でも歴史の古いフォルクヴァルツ侯爵家の令嬢として生を受けた。末っ子長女であるフランツィスカのことを父親である侯爵は溺愛したが、かといってただ甘やかすのではなくて、淑女として立派であれと厳しく教えを施すこともあった。

フランツィスカは、自分が美しいことをよくわかっていた。金色の髪は鏝《こて》などを当てずとも優雅な曲線を描いており、ヘーゼルの目でちらっと見るだけで貴公子たちはどぎまぎして顔を赤くする。細くくびれた腰と豊かに張った胸元が作り出すボディラインは見事の一言に尽き、艶やかなドレスを着こなすフランツィスカはいつでも、社交界での人気者だった。

そんな彼女だが……知っているのは家族くらいだが、案外行動派で好奇心も旺盛だった。

「この果物は苦いよ」と言われて食べるのをやめるのではなくてむしろいっそう食べたくなり、そしてあまりの苦さに悶絶《もんぜつ》するような少女だった。

フランツィスカが十六歳のとき、父親から結婚について相談された。彼の口から出てきたのは、リーデルシュタイン辺境伯令息でありシェルツ子爵でもあるアレクシス・フェルマーの名だった。

「彼は昨年、ベルナー公爵家の令嬢と婚約解消をした。だが、なかなか気がよくて誠実そうな青年だった。おまえの婚約者候補にしてはどうかと思ってな」

「リーデルシュタイン辺境伯家の、アレクシス様ですか……」

父の向かいに座ったフランツィスカは、口の中でその名を転がした。彼と公爵令嬢の婚約解消騒動は、フランツィスカも当然耳にしていた。

ともすればアレクシスや辺境伯家の名誉が失墜しそうな事件だったが、幸いあの騒動は公爵令嬢に非があり、しかも婚約解消後すぐに子爵家の三男坊とやらと結婚して間もなく子どもも産んだということで、社交界では彼女らの方が冷たい目で見られている。そして、むしろ誠実なアレクシスと婚約したいという令嬢がそこそこ現れているということだった。

侯爵家のフランツィスカと辺境伯家のアレクシスとなら、身分も釣り合う。アレクシスの姿は王城のパーティーで何度か見かけたことがあるくらいだが、なかなかよい体躯を持った爽やかそうな貴公子だった。フランツィスカとしては、アレクシスに悪い印象は特にない。

「かしこまりました。お話を進めてください」

もし選ばれたなら選ばれたで、辺境伯夫人としてしっかりやっていこう、とフランツィスカは冷静に考えた。

だが、フランツィスカがアレクシスの花嫁候補の一人になって約一年後の、ある晩秋の日。

正装したアレクシスが王都にある侯爵邸を訪れ、深々と頭を下げた。

「大変申し訳ないのですが、婚約候補の話を白紙に戻していただきたい」

そう言う大柄な男を、父の隣に座ったフランツィスカは静かに見ていた。彼女が考えているのは、「やたら真面目で律儀な男だ」ということだった。

アレクシスにはどうやら、妻に迎えたいという女性がいるそうだ。彼女にプロポーズするため、彼はわざわざ婚約者候補の令嬢たちの家を一軒一軒回って断りを入れているそうだが——そんなことしなくていいのではないかと、フランツィスカは考えていた。

婚約者として内定しているのならばともかく、今の自分とアレクシスの関係はあくまでも、候補だ。それに侯爵家と辺境伯家の力関係は同程度なので、「なしにしてください」「ああ、了解した」という旨の書類を交わせば済む話だろう。

それなのにわざわざやってくるというのは、アレクシスが真面目な男だからということもあるだろうが、さては——

「……お話は、了解しました。一つ、お伺いしてもよろしいでしょうか」

「なんなりと」

即答したアレクシスを見つめ、フランツィスカはぽってりとした唇を開いた。

「……あなたが妻に迎えたいという女性は、どちらのご令嬢なのですか?」

その問いに、アレクシスの大きな拳がぴくっと震えたのがわかった。

フランツィスカの予想では、アレクシスは……フランツィスカたちに断らなければならない恋を叶えようとしている。可能性としてはまず、相手が王女などの尊い方である場合。もう一つは——

「彼女はリーゼ・キルシュといい、騎士爵階級であるリーデルシュタイン騎士団長の娘です」

やはりこちらだったか、とアレクシスの返答を聞いたフランツィスカは動じることなく思った。アレクシスがフランツィスカたち高貴な女性たちを捨ててでも選んだのは、貴族ですらない女性だったのだ。

恋する女性の身分を臆することなくはっきりと述べたアレクシスは、堂々としていた。相手の女性の身分が低いことを一切気にしていない——否、その身分差を超えて愛する女性を手に入れようと志す、素晴らしい貴公子の眼差しをしていた。

そこで初めてフランツィスカは、アレクシスが素敵な男性だと思った。だが彼女には略奪愛の趣味はないので、アレクシスの魅力に気づくのに遅かったことを後悔はしても、相手の女性を恨んだりはしない。むしろ——

「そうでしたか。ではわたくしは、あなたがその恋を成就させることを心からお祈りしております」

侯爵令嬢として完璧な笑みを浮かべて言いながら、フランツィスカは決めた。

よし、そのリーゼとやらを見に行こう、と。

✦

フランツィスカは父親や過保護気味な兄たちを説き伏せて、わずかな使用人のみ連れてリーデルシュタイン辺境伯領を訪問した。

豪華な巻き毛はまとめ、ドレスも露出の少ないものにする。メイクも控えめにして、底がぺたんこのブーツを履く。

これで今の自分は誰がどう見ても田舎娘だ、と自信満々のフランツィスカはすぐに件の女性――リーゼ・キルシュを見つけられたのだが。

「あの、お嬢様。お尋ねしてもよろしいでしょうか」

「何？　……い、いえ、わたくしはお嬢様などではなくってよ！　平民の女でしてよ！」

ついいつも通りの反応をしてしまい、慌てて取り繕う羽目になってしまった。どうやらこのリーゼとやらは、フランツィスカ渾身《こんしん》の変装もお見通しだったようだ。

リーゼ・キルシュは仕事着らしい色気のないジャケットとスカート姿の、フランツィスカの三倍以上も地味な女性だった。化粧っ気がほとんどない顔は素朴で、華やかな美貌とは言えない。体つきもぺたんとしており、髪を切れば少年のようにも見えるだろう。

……だが、案外観察眼は鋭いのかもしれない。しかも彼女曰く、ここ最近フランツィスカのようにリーゼの周りをうろうろする令嬢たちがいるとのことで、フランツィスカは思わず声を上げてしまった。

「わたくし以外にも、同じことをする方が……？」

「ええ。あなたで六人目です」

「……そうですのね」

ということは、自分と同じくアレクシスに婚約候補の話をなかったことにされた令嬢たちが、やはりフランツィスカと同じようにリーゼの観察をしに来ていたようだ。それはそれで、なんだか面白くない気がする。

とはいえ、他の令嬢たちはリーゼにほとんど話しかけなかったそうだから……ここからはフランツィスカがぐいぐいいくべきだろう。

リーゼにいくつか質問をしたフランツィスカは、徐々に笑みを深くしていった。

野暮ったい田舎娘だと思いきや、このリーゼとやらはなかなか肝が据わっているし、アレクシスに対して従順だ。彼女なら――アレクシスが求婚したとしても無下にせず、彼を支えるよい妻になれるだろう。

「私は幼い頃より敬愛し申し上げているアレクシス様が幸せになられることを、何よりも願っております」

……リーゼの解答は、百点満点だ。彼女なら、もう少し磨けば十分素晴らしい辺境伯夫人になれるだろう。

そう思ったから、フランツィスカは自ら名乗った。そして、「これからもどうぞよろしく」と、申し出たのだった。

それからしばらくして帰還したアレクシスは、皆が見る前でリーゼにプロポーズした。もちろんフランツィスカたちもその野次馬に加わり、あの娘がアレクシスの愛に応える様を見届けて、二人が抱き合ったときにはつい興奮して近くにいた令嬢と手を取り合ってしまった。

二人の婚約祝いには立派な品を贈ったし……しかもリーゼの方から、フランツィスカに教えを請いたいという旨の手紙を送ってきたため、フランツィスカはますますリーゼのことが気に入った。

ただ流されるだけでなくて、自分で未来を切り開こうとする人は、男だろうと女だろうと素敵だと思う。だからフランツィスカはリーゼを侯爵邸に招いて、淑女教育を施すついでに――友だちと呼びたいような間柄になったリーゼと、楽しいひとときを過ごしたのだった。

リーゼが辺境伯領に帰り、フランツィスカはどうにも寂しくなってきた。

「リーゼ様がいらっしゃる間は、お嬢様もとても楽しそうでしたね」

「ですね。リーゼ様のお土産を選ぶとき、お嬢様はとても嬉しそうで……」

「今朝までお嬢様が、リーゼを辺境伯領に返すのは嫌だ、とだだをこねていたなんて、リーゼ様がご存じになったらどう思われるでしょうか……」

「お、おまえたち、余計なことを言わないでくれる⁉」

自室のソファでごろごろしていたらメイドたちが勝手なことを言うので、体を起こしたフランツィスカはくわっと噛みついた。だが彼女がよちよち歩きをしている頃から面倒を見ている熟練のメイドたちは、「まあ、これは失礼を」「ここ最近のお嬢様が、本当に楽しそうで……」とのらりくらりかわしていた。

フランツィスカはぶうっと膨れて……ふと、デスクに置かれているハンカチを見やった。

リーゼと交換したハンカチの隅には、リーゼのえげつな――ではなくてつたない刺繍が施されている。正直なところ、王都の令嬢たちなら十歳でもこれほどひどいものは作らないだろうが……それでも、あのハンカチを捨てることなんてフランツィスカにはできそうになかった。

「あらまあ、お嬢様ったら。リーゼ様の刺繍されたハンカチ、気に入ってらっしゃるのですね」

「それはそうでしょう。お嬢様、親しい友人とおそろいのものを持つことやプレゼント交換をすることに憧れてらっしゃったのですからねぇ」

「うるさいと言っているでしょう！」

おしゃべりなメイドたちを一喝したフランツィスカはずかずかとデスクに向かい……しかし、とても丁寧な手つきでハンカチを手にした。

これから先、リーゼが結婚して辺境伯夫人になっても。そしてフランツィスカも結婚して、どこかの貴族の夫人になっても。

彼女とはずっと、仲よくしていきたいと思えた。

6章　未来への誓い

「あっ、リーゼ様！」

「リーゼ様のお越しだ！　全員、整列！」

「ああ、わざわざいいですよ。皆訓練中ですし、活動を続けてください」

冬の風がぴゅうっと吹く中、剣を手にした運動着姿の私が訓練場に姿を見せると、見習い騎士たちが一斉に集まってこようとした。私に敬意を払おうとする見習いたちの気持ちには嬉しく思いながらも申し訳ないので丁重に断ると、皆お辞儀をしてから元の位置に戻ってくれた。

今日も私は、趣味の運動のために仕事終わりにこちらに来ていた。フランツィスカ様からも、「健康なのはあなたの取り柄ですものね」と言ってもらえたことだし、これからもしっかり体を動かして剣術の腕が衰えないようにしよう、と思っている。

訓練中は冷えから身を守ったり怪我を防いだりするために革鎧《よろい》を着て長袖のシャツと長ズボンを着用している騎士たちだけど、休憩中は汗まみれの服を脱いで伸びていた。見ているとちょっと寒々しいけれど、彼らは「すずしー」とか言っているから、ちょうどいいみたい。

中には上半身裸でくつろいでいる騎士たちもいて、彼らの中には私を見ると「きゃぁっ!?」と悲鳴を上げて体を隠す者もいる。いいえ、下さえ穿いてくだされればいいので、気にしないでください、と言うと納得してもらえた。

「皆、こんにちは。訓練頑張っていますか?」

「あ、どうも、リーゼ様!」

「おかげさまで、ばっちりです!」

私が向かったのは、見習いの中でも一番の若手たちのグループ。彼らの中にはエルマーもいて、木のベンチに座って模擬剣を磨いていた彼は私を見て立ち上がり、お辞儀をした。初めてエルマーと練習試合をしたあの日から、二か月ほど経つ。彼は元々同期の中でも身体能力に優れていたけれど、最近めきめき才能を伸ばしているようだ。

リーデルシュタイン騎士団では半年に一度――春と秋に、昇格試験が行われる。新人騎士が見習いを卒業するまでは、これらの試験で三回合格する必要があり――つまり最速でも、一年半かかる。なお、アレクシス様は見事一年半で卒業していて、私の兄は一回分の試験のときに病気で休んだから二年かかったけれど、受験回数は最少の三回で終わらせている。

エルマーは、一年半で見習いを卒業して正騎士に昇格できるだろう、と噂されている。

リーデルシュタイン騎士団の中でも複数の隊があり、それぞれの隊長もエルマーを自分たちのもとに引き入れようと考えているとか。

　エルマーのことは、アレクシス様も高く評価している。しかもアレクシス様曰く、「彼はプライドが高くて若干我が儘なところがあったが、リーゼにやられたことで反省して、かなり真面目になったようだ」とおっしゃっていた。

　また父曰く、エルマーはリーダーとしての能力も発揮しているという。入団当初は一匹狼《おおかみ》な感じだったけれど、これまた私に負けたあたりから他人と関わりを持つようになり、今では同期たちをうまくまとめる立場にあるそうだ。今度行われる冬季遠征実習では彼を小隊長にする予定だと言っていた。

　そんな、同期からは頼りにされ大人たちからは期待されているエルマーのもとに向かい、私は腰に下げている剣の柄《つか》をとんとんと叩いた。

「エルマー、もしよかったら後で、私と試合してくれませんか？」

　そう尋ねるとエルマーは目を丸くしたけれど、磨き終えたらしい模擬剣を横に置いて少し困ったような顔になった。ここ最近で彼は表情筋の活動も豊かになって、いろいろな顔を見せてくれるようになったと思う。

「……。……ありがたいお申し出ですが、また後日にしていただけたら」

「そう？　ごめんなさい、今日は忙しかったのですね」

「……いえ、忙しくはないのですが……ああやってじっと見られながらあなたと試合をするのは、非常にやりにくいので……」

そう言ってエルマーがちらっと私の背後に視線を向けたので、私もそちらを見る。視線の先にいらっしゃるのは、騎士団の制服姿のアレクシス様。今日は騎士団の指揮をしにいらしていて、「リーゼも来るのなら、俺も様子を見る」とおっしゃったのだ。

そんなアレクシス様は、腕を組んでじっとこっちを見ていた。少しむっとしたような顔に見えたけれど私が軽く手を振ると、ふわっと笑顔になり小さく右手を挙げて応えてくださった。

「……そういうことなら、わかりました。では、またの機会にさせてください」

「はい。見習いの間にあなたから一本取るのが、俺の目標なので」

「まあ、そうなのね？　それじゃあ私も負けないように、訓練したいけれど……」

さて、誰と試合をしようか……とあたりを見回したところで、近くにいた見習い騎士が「あっ、そうだ！」と声を上げた。

「リーゼ様！　俺、ずーっと気になっていたことがあるんですよ！」

目を輝かせてそう言う彼は、この秋エルマーと同時期に入団した新人だ。彼は同期の中でもかなり小柄で、十代半ばということだけれど若干落ち着きがないところがある。それでも騎士の卵としては将来有望株で、聞き分けがよくて素直なので皆から愛されている。

彼は元々大きめの目をさらに丸くして、私を見上げている。

「はい、なんでしょうか？」

「あのですね！　もしアレクシス様とリーゼ様が手合わせしたら、どっちが勝つんですか⁉」

「え……ええ？」

私が裏返った声を上げると、すかさずエルマーが立ち上がって同期の背中を叩いた。

「お、おい！　滅多なことを言うんじゃない！」

「えー、いいじゃん！」

エルマーにばしばし叩かれても少年はけろっとしていて、期待に満ちた目で私を見てきた。

私とアレクシス様が……手合わせ？

「それは、考えたこともなかったです……」

「あ、そうなんですね！　俺、お二人が練習試合をするところを見てみたいなぁ、って……」

「馬鹿っ！　お二人は次期辺境伯夫妻で、婚約者同士だぞ！　お互い戦ってどうなるんだ！」

「おまえ、馬鹿なのは仕方ないけどちょっとは考えて発言しろよ！」

「えー、でもアレクシス様だって、訓練中は相手の身分も立場も関係ないっておっしゃってるじゃん！　てか、馬鹿は余計だからっ！」

仲間たちに小突かれながらも、少年は折れる気はないみたいだ。

でも……私もちょっとだけ、気になる。

【一度目の人生】での私は、アレクシス様に斬られて絶命した――と思う。とはいえ私たちが戦った経験はその一度のみだし、そのときも私は身重で手ぶら、斬られたことさえわからない状況だったから、「勝負をした」とは言えない。

私は見習いたちに背を向けて、アレクシス様のもとへ向かった。彼のところまではこのやり取りが聞こえていないようで、アレクシス様はわちゃわちゃする見習いたちの方にちらっと視線をやってから私を見てきた。

「リーゼ。今日は誰と練習試合をするんだ？」

「それなのですが。見習いから、私とアレクシス様が手合わせしたらどうなるのか、と問われまして」

「そうか。…………うん？」

「考えてみれば私、父や兄とは訓練したことがありますが、アレクシス様とはしたことがないですよね。あなたの背中をお守りしたことはありますが、実際あなたと剣を交えたらどうなるのか、と私も思いまして」

「……。……そ、そんなことをしろと……？」

アレクシス様は普段の余裕たっぷりの表情を失い、おどおどしたように私を見てくる。

「そんなこと、と言われましても。せっかくですので、一緒に訓練してくれませんか？初めてのあなたとの訓練、私も頑張ります」

「だ、だが君が攻撃を避けそこなったら、俺が君を傷つけることになるだろう！」

「大丈夫ですよ。私は回避が得意なので、負傷するとしても打ち身や擦り傷くらいです」

「だがその傷を俺が負わせたとなると、俺は……！」

アレクシス様が大げさに慌て始めたので……私も、ちょっと反省した。

確かに、この試合で怪我をするとしたらアレクシス様ではなくて私だ。能力的に考えても私が勝利することはまずあり得なくて、よくて引き分け。

私の方は、「自分がアレクシス様を攻撃することはない」とわかっているから提案できたけれど……アレクシス様からすると、そうではない。それにアレクシス様は紳士の心得をお持ちだから、相手がそれなりに剣術をたしなむ私だとしても、女性に対して攻撃を仕掛けるというのは厳しいものがあるのだろう。

「……それもそうですね。申し訳ありません、無茶なことを申しました」

「……」

「では、私はあちらに戻ります。アレクシス様もよろしければ、様子をご覧になって……」

「……リーゼッ！」

見習いたちの方を手で示したら、その手をがっしりと摑まれた。私の手首は細くてアレクシス様の手は大きいから、余裕で私の手首を一周することができていた。

私の手首を摑むアレクシス様はしばらくの沈黙の後に、思いきった様子で口を開いた。

「……前言撤回する。お、俺と、稽古をしてくれ！」

「アレク――」

「君と俺の初めてを、ここでさせてくれ！」

発言の内容自体は間違っていないけれど、もうちょっと言葉を足すか変更するかしてほしかった。


その後すぐに私とアレクシス様用の模擬剣が準備されて、見習いたちは興奮気味に訓練場の整地を始めた。

私の剣はいつも通り、頑丈だけど細身で軽いもの。一方のアレクシス様の方は……大きい。今は試合のためにお互い距離を取っているけれど、それでもその刀身の長さと大きさはよくわかる。あれを片手で持てるアレクシス様の腕力は、本当にすごい。

そして、「アレクシス様と婚約者の一騎打ち」ということだからか、手の空いている騎士や使用人たちがぞくぞくと集まってきた。

「やあ、リーゼ。よくあのアレクシス様が決断したなぁ」

「最初は渋られていたんですけれどね」

「あはは、そうだろうな！　……リーゼ、武運を祈る！」

「はい、ありがとうございます」

ちょうど休憩時間だという郵便係の青年に声をかけられて、私は苦笑した。

私はほとんど攻撃できないから、この試合で負傷するとしたら私の方だ。とはいえ、アレクシス様も、私に怪我を負わせることを極度に恐れてらっしゃるようだったから……気を引き締めないと。

そうして、見習い騎士が試合開始の鐘を鳴らした。

これで相手がエルマーだったら、一気に距離を詰めてくるけれど――

「……」

「……」

「……」

「……」

……困った。アレクシス様が、動かない。

私が回避型であることは、騎士たちも知っている。だから、「相手の攻撃を回避して、疲労して動けなくなったところで一撃入れる」という私の戦闘方法を理解している皆は、私にはあまり注意を向けない。

でも、アレクシス様はガツガツと斬り込むタイプだ。そんなアレクシス様がなかなか動こうとしないからか、騎士たちもそわそわし始めた。

……こ、これはかなり、困る。どちらも動かないのなら試合にならないし……いや、ということは、私の方から斬り込まないといけないの……？

いまだにアレクシス様が動こうとしないので、私は観念して剣を手に駆け出した。皆がわっと歓声を上げる。

「いいぞ、リーゼ！」

「リーゼ様！　華麗な一撃を見せてください！」

皆からエールを送られるけれど、私が一撃を与えるのは相手がふらふらになってからだから、体力満タンでしかも長身のアレクシス様を倒すのはまず不可能だ。

私が詰め寄っても、アレクシス様は難しい顔で立っていた。そして、私が剣を突き出すと——ギン、とそれを弾いた。

やっぱり、すごい動きだ。それまではだらんとしていた腕を瞬時に動かして、大剣で私の剣を防ぐ。それでもアレクシス様はどこかぼうっとした顔をしているから、これはもはや本能のなせる業なのだろう。

「アレクシス様、覚悟！」

「……ま、待ってくれ。そんなにぐいぐい来られると、俺も困る！」

「試合中に何を言っているんですか……」

「ああ、どうしよう。リーゼに攻撃なんて……」

「試合！　これは試合ですからねっ！」

「う、うむ……」

とか言いながら、アレクシス様は危なげなく私の攻撃を全て弾いた。でも、いざ攻撃しようという構えを見せても、はっとした様子で剣を下ろしてしまう。

……このままでは試合にならない。

「アレクシス様！」

「わ、わかっている！　くそっ……リーゼの可愛い顔を見ると、動けなくなる……」

お褒めの言葉をいただけたのは嬉しいけれど、それじゃあ試合が成立しない。

「アレクシス様、本気で来てください！」

「だが……」

「私は、アレクシス様の本気が見たいんです！　あなたが本気で繰り出す一撃を――この剣で、受け止めたいんです！」

……そう、【一度目の人生】の私は、狂乱状態のアレクシス様に斬り捨てられた。剣の動きを目視することもできず、銀色のきらめきが見えたと思ったら私は血を流して倒れていた。あのときの私は、アレクシス様に斬られたということもすぐには理解できなかった。

でも、それはそれで幸運だったのかもしれない。

あのような未来は起こさないと、決めた。でももしかするとこの先、アレクシス様のお心が乱れる状況が生まれるかもしれない。

もし、私を賊と間違えて攻撃することがあっても。

私は【一度目の人生】のようにあっさり斬られて死にたくはない。アレクシス様の刃を受け止め、そのお心を乱すものをも退治したい。

そのための力を、付けたい。

「あなたの全力を、受け止めます……受け止めてみせます！」

「リーゼ……！」

私の叫びに、アレクシス様の瞳が揺れた。そして——

鋼が空を切る鋭い音に続き、ガツン、とこれまでにないほど重い一撃が、剣を通して伝わってきた。

騎士たちが、興奮した声を上げている。やっとアレクシス様が私に、攻撃を仕掛けてきたのだ。

「アレクシス様……」

「それが君の覚悟なら……俺もそれに応えよう」

一旦私との距離を取ったアレクシス様はそう言い、剣を構えた。

……その立ち居振る舞いは、【一度目の人生】で雨の中見た光景と、よく似ている。私の中で、【一度目の人生】の私が震えている。

でも、大丈夫。

今のアレクシス様の目には、あの雨の中で見たような濁りはない。むしろその美しい緑色はどこまでも澄んでいて、真っ直ぐな闘志に燃えているから。

巨大な剣を軽々と振るった後に、アレクシス様は「ただ」と言葉を足す。

「手加減だけは、させてくれ。……俺はこれから、五回だけ攻撃する。それを全て流せたら君の勝ち。途中で君が剣を取り落としたりしたら、俺の勝ちだ」

「わかりました。……来てください、アレクシス様！」

こうして堂々と宣言するのが、アレクシス様らしい、とつい笑みをこぼしてしまう。でもすぐに強烈な一撃が降ってきたため、その笑みも消さざるを得なくなった。

アレクシス様が宣言した一回目の攻撃は、真上から振りかぶられた。事故防止用の兜《かぶと》は被っているけれど、回避に失敗したら脳震盪《のうしんとう》を起こしかねない。

でも、この攻撃ならかわしやすい。たんっと後ろに跳んで、攻撃をかわす。狙いを外したアレクシス様の剣が地面にめり込んで、土埃《つちぼこり》が舞った。

二回目は、横薙《な》ぎ。これは剣を地面と垂直に構えることで攻撃を受け止め、そのまま体を捻ることで敵のバランスを崩すことができる。でもアレクシス様も私の攻撃スタイルを把握済みなので、転んだりすることなく体勢を立て直した。

三回目は、突き。これも受け止めようがないので横に跳んでかわす。最後まで相手の動きから目を離さないことで、連続した四回目の薙ぎ払い攻撃も受け止められた。

皆が、いっそう盛り上がっている。次の五回目で、決着が付くからだ。

これまでの攻撃は、二回はかわして二回を受け止めている。まともに力をぶつけられたのは二回だけだけど……アレクシス様は大柄で力も強いから、一撃一撃がとてつもなく重い。現に既に、手が痺れてきている。

びりびりする手で剣を握り直し、私はアレクシス様の動きをじっと見つめる。私と距離を取ったアレクシス様は、私に背を向けて――首を捻ってこちらを見てきた。

――この動きは【一度目の人生】で私を斬ったときと同じ、振り向きざまによる斬り捨て攻撃だ。剣の動きは派手で、受け止めやすい。

ただしアレクシス様が全力で振りかぶったこの攻撃で、騎士たちが持っていた模擬剣が折れるのを何度も見たことがある。それに、防御に失敗した場合は肩から腰にかけてざっくり斬られることになる。

……そう、【一度目の人生】の私のように。

どくん、と私の中にいる【一度目の人生】の私が、悲鳴を上げている。

やめて、怖い、と訴えている。

……でも、大丈夫。

私は、強くなりたい。強くなって、アレクシス様をお守りしたい。

【一度目の人生】でできなかった分も強くなって……乗り越えたい。

私は身を低くして、剣を斜めに構えた。急所である首や心臓だけは守れるように、腕で身をかばう。

アレクシス様が私の予想通り、上段から斜めに斬り捨てる攻撃を放ってきた。

ギン、と細い剣と大剣が絡み合い――そして、鈍い音を立てて私の剣が折れた。

「あっ――」

声を上げたのは、私とアレクシス様のどちらだったのか。でも、私もアレクシス様も動きを止めたりしなかった。

アレクシス様は剣を構え、私も折れた剣を手にしたまま――二人、ほぼ同時に剣の先を相手の首筋にかざした。しゃがむ姿勢になっている私は、身を屈めているアレクシス様の左の首筋に剣の折れた部分を向け、アレクシス様は私を見下ろすような姿勢で私の左肩付近に大剣の先を向けている。

しん、と訓練場に沈黙が落ちた。そして――カンカンカン、とけたたましく試合終了の鐘が鳴らされる。

「これは……互角か⁉」

「アレクシス様はリーゼ様の剣を折り、リーゼ様はアレクシス様の攻撃全てから身を守った――」

「引き分け！　引き分けだ！」

皆が盛り上がっている。いつもなら引き分け試合となると不満そうにするものだけど、今回は全員が興奮したように声を上げていた。

引き分け……その言葉が身に染み込んだ途端、私は剣を取り落としてしまった。でも、膝から力が抜けて倒れそうになった体は、アレクシス様に難なく受け止められた。

「っと。……リーゼ、見事な試合だった」

「アレクシス様こそ。最後まで攻撃の手を止めないでくださり、ありがとうございました」

「君の願いだからな。引き分けというのも、非常に納得のいく結果だ」

微笑んだアレクシス様は駆けつけてきた見習いたちに二振りの剣を渡すと、ひょいと私を抱え上げた。

……え？

一瞬のことで何が何やらだけど……私、アレクシス様に横抱きにされている？

さっきまではあたりから興奮した声や指笛を鳴らす音が聞こえていたけれど、今は皆ざわつき、中には「きゃっ！」と野太い声を上げた人もいた。

「え、あ、あの！　待って、下ろしてください！」

「だめだ。俺の馬鹿力攻撃を何回も受けて、手も痺れているし疲れただろう。無理をしてはいけない」

「た、確かに手は痺れてますけど……私、汗臭いですよ！」

「そんなことはない。リーゼはいつもいい匂いがするし、こうして抱きしめているといっそう甘い香りを近くで感じられる。それに……ほどよく汗をかいているからか、君の肌がしっとりと柔らかい手触りになっている。こうしてずっと抱きしめていたいくらいだ」

「なっ……!?」

ついさっきまでは真剣な顔で斬り込んできていたアレクシス様が、とろけそうなほど甘い表情で同じくらい甘ったるい言葉を吐いてきた。おかげで、それまでは運動したために上気していた私の体が別の理由でかっと熱を放ち、わざわざ胸に手を当てずとも激しい心臓の拍動が感じられた。

それまでは騒いでいた騎士たちもしんと静かになり、もじもじし始めた。ベテラン騎士はともかく、まだ十代そこそこの見習いたちは恥ずかしそうに目を逸らしている。視界の端で、言い出しっぺの見習い騎士が顔を真っ赤にしてエルマーの陰に隠れ、エルマーもまた顔を手で覆ってうつむいているのが見えた。

そんなギャラリーをものともせず、アレクシス様はにっこりと微笑んだ。ああ、がっしりとした首筋を流れる汗さえ、美しく見える……。

「さあ、一緒に休憩をしに行こう。体が疲れているなら俺が揉みほぐすし、汗をかいたことが気になるのなら――」

「……」

「……い、いや、それはまだ早いな。すまない」

ご自分で言っておきながら照れた様子で、アレクシス様は視線を逸らすと私を抱えてすたすた歩き始めた。

……今アレクシス様が何を考えて、何が「まだ早い」と思ったのか、知りたいけれど知りたくないような。

でもアレクシス様に抱きしめられるのは嫌ではないので、私は皆の生温かい視線を感じながらもアレクシス様の腕に甘えることにしたのだった。


私とアレクシス様は試合を終えて、一旦アレクシス様の部屋に向かった。訓練場から部屋までかなり距離があるし三階まで階段を上がる必要があったというのに、アレクシス様は息切れ一つせず最後まで私を抱えたままだった。

アレクシス様の部屋には、中年のメイドがいた。彼女は最初アレクシス様を見て微笑んだけれど、その腕の中に私がいることに気づいてさっと真顔になった。

「……おかえりなさいませ、アレクシス様。そして……リーゼ様」

「ああ、ただいま」

「……す、すみません、あの、こんな状態で……」

「お気になさらず。……さては、アレクシス様。あれやこれやでリーゼ様を言いくるめ、お持ち帰りなさったのですね」

　メイドがじとっとした目で見つめたためか、アレクシス様は大きく首を横に振った。

「そ、そんなつもりではない。ほら、リーゼは疲れているし、俺は体力があるから、抱えていこうと……」

「それはそれは、立派なお心がけで。……それで？　リーゼ様のお召し物は私室にあるでしょうし、お二人とも汚れた格好で帰ってきてどうなさるのですか？」

「そ、それは……」

　アレクシス様が口ごもっている。彼女は辺境伯様がお若い頃から城で働いている古参で、アレクシス様のおしめを替えたこともあるという。そういうことでアレクシス様はもちろん、辺境伯様でさえ彼女には逆らえないともっぱらの噂だ。

　メイドはため息をつくとアレクシス様の太い二の腕を掴みぐいっと引っ張って、私を床に下ろしてくれた。えっ、細腕なのにすごい腕力……。

「ささ、リーゼ様はお部屋にお戻りになって、お疲れの体を癒やしてからおいでくださいね。すぐにマリーを向かわせますので、マッサージを受けてください」

「待て。リーゼのマッサージなら俺がする」

「お言葉ですがそのようになさると、最初は純粋なお気持ちでリーゼ様のおみ足を揉んでいたアレクシス様ですがすぐに興奮して、とんでもないことになるのが目に見えておりますので」

「ぐっ……！」

アレクシス様は、言い返さない。私と視線が合うと恥じらうように目を逸らして……「すまない」とぼそっと言われた。

……ええと。つまり、メイドの指摘はあながち間違いではなくて、私の足を揉んだらアレクシス様は興奮――

「き、着替えてきます！」

「あ、ああ！　ゆっくりしてくればいい！」

なんだか恥ずかしくなったので急ぎきびすを返し、部屋を出た。ドアを閉めてからも、背後からメイドの叱責の声とアレクシス様がぼそぼそと何か言い返す声が聞こえていた。

しばらく廊下を歩き……あたりに誰もいないのを確認してから、私はふらっと壁に寄りかかった。

顔が、熱い。心臓はドクドク鳴りっぱなしだし、おへその奥がむずむずするような変な感覚もする。

「……変になっちゃいそう」

ぽつりとつぶやき、石の壁に額を当てる。

マリーに会う前に、このほてった体を少しでも冷ましておきたかった。

部屋に帰り湯を浴び、疲れた足や腕をマリーにしっかりマッサージしてもらってから、私はアレクシス様の部屋に向かった。

先ほどのメイドは退室していて、別の若いメイドが案内してくれたベランダにはお茶の準備ができていた。リボンタイの付いたシャツに黒いスラックスという普段着姿のアレクシス様も、既にそこで待っていらっしゃる。

そうして私が向かいの席に着き、いい汗をかいた後のティータイム、となったのだけれど——

「ほら、リーゼ。口を開けて？」

「……」

「おいしいだろう？　さあ、次はどれが食べたい？　どれもとてもおいしそうだな」

「……そっちの、緑色のケーキをお願いします」

「これだな！」

今、私はなぜかアレクシス様に給餌される形でティータイムのお菓子を食べていた。

メイドの叱責により私にマッサージすることを諦めたアレクシス様だけれど、それでも私に構うことを諦められなかったようだ。さあ、お茶とお菓子をつまみながらデートの時間を過ごそう、と思ったら「リーゼは手が痺れているだろうから、俺が取ってあげる」と主張してきたのだった。あのメイドがまた残っていたら、また叱られていたのではないかな。

　確かに試合直後は手が痺れていたけれど、お湯に浸かってマリーにしっかりマッサージもしてもらったから、フォークを持つくらいなんてことない。それでもなお主張なさるし最後には「リーゼは嫌だったか……？」と悲しそうな目で言われるものだから私の方が折れて、いわゆる「あーん」をしてもらうことになった。どうしてこうなったのだろう、と思いながらも、アレクシス様がとても楽しそうなのでいいことにした。

　アレクシス様は向かいの席に座る私が食べたいケーキを切り分けて、フォークで口元に運んでくれた。さすがに紅茶を飲むのは自分でしたけれど、その間もアレクシス様は柔らかい微笑みを浮かべて私を見ていた。

「……あの」

「ああ。次はどれを食べたいんだ？」

「いえ、私ではなくて。アレクシス様も、どれか召し上がってください」

「む、そう言われても……俺はこうして、君がおいしそうにケーキを食べる姿を見られるだけで胸がいっぱいになるし、糖分も十分補給できている」

「そ、そうですか……」

　私がおいしそうにお菓子を食べる姿で心が満たされるという気持ちは、まあ、わからなくもない。でもその姿を見ただけでは空腹感は満たされないし、ましてや糖分補給なんてできるわけないと思うけれど。

それでもなおアレクシス様は細やかに気を遣ってくださり、ご自分が食べることは疎《おろそ》かになってしまっている。せっかくどれもおいしそうで、アレクシス様が好きそうなビターな味のケーキもあるのに。

……よし、それじゃあ。

「では、先ほどの緑色のを」

「リーゼはこの味が気に入ったのだな」

「はい。……ああ、いいえ、私ではなく、それをご自身のお口に」

「え？」

すぐにフォークを私の方に向けてきたアレクシス様は、ぽかんとしたようだ。

「だってアレクシス様は私の世話ばかりで、全然召し上がっていませんし」

「それは、君の姿を見ているだけで十分だからだと言ったではないか。それに、君の手が痺れたのは俺のせいでもある」

「そうだとしても、私一人ではこの量を食べきれません。……それに、おいしいものは好きな人と一緒に分かち合いたいじゃないですか」

同じものを食べて、おいしいと言い合う。そうすればきっと、おいしさも幸せも倍以上に膨らむはずだ。

私の指摘に、アレクシス様ははっと目を丸くした。そしてフォークの先にある緑色のケーキに視線を落として――ふ、と苦笑した。

「これは、一本取られたな。確かに、リーゼの言うとおりだ」

「わかってくれました？」

「ああ。では、これは俺がいただこう。……せっかくだから、この皿に載ったケーキの中で、お互いが一番美味だと思うものを勧め合わないか？」

「ふふ、それ、いいですね。自分が一番おいしいと思うものを、相手と分かち合えるのですね」

「ああ。……今日の試合でわかったが。俺はリーゼを守りたいし――いざとなったらあの廃屋での戦闘のように、リーゼの力を借りたいとも思っている」

そこでアレクシス様は言葉を切り、緑色のケーキを口に運んだ。それをゆっくり咀嚼して「うまいな」とつぶやいた後、穏やかな眼差しで私を見てきた。

「こうして、うまいものを一緒に共有して……困難は一緒に乗り越え、幸福は分かち合い、君と並んで歩いていく。……そういう関係でありたいと、俺も思っている」

「……」

アレクシス様と並んで……歩く。

それは、私にとってはもったいなすぎるお言葉。

【一度目の人生】でもそうだったように、多くの貴族の夫妻は夫の後を妻がついていくものだ。夫の目線の先には未来があり、妻の目線の先には夫がいる。それが当たり前だ。

でも、今のアレクシス様は別の形を提案してくださった。アレクシス様だけが前を見て、私がアレクシス様の背中を見るのではなくて……一緒に並んで同じものを見るという形を。

「……私も、そう思っています。一緒に、歩ませてください」

「リーゼ……」

アレクシス様は息を呑み……そしてしばらく下を向いて沈黙した後に、意を決したかのように顔を上げた。

「リーゼ」

「はい」

「……口づけても、いいか」

その、アレクシス様の言葉に。

私の心が、喜びに震える。……いや、喜んでいるのは私だけではない。

一度たりともキスをしてもらえなかった、【一度目の人生】の私までもが喜んでいる。嬉しい、と泣き叫んでいる。

「……はい」

声が震えそうになりながら言い、目を伏せる。まぶたの皮膚越しにぼんやりと光が透けて見える中、アレクシス様が立ち上がって歩いてくる音がして……そっ、と後頭部に大きな手のひらが添えられた。

「リーゼ。愛している」

甘く情熱的な囁きの後に、私の唇がそっと塞がれた。二回分の人生を合算してでも初めてになる、唇へのキス。

なんとなく、アレクシス様の唇は薄くてひんやりしているイメージだったけれど、重なったそれは私と同じくらい熱くて、むっちりとしていた。微かに香るのは、さっき食べた緑色のケーキの匂い。私とアレクシス様の吐息は、どちらも同じ味がしている。

唇が触れていたのはほんの数秒のことで、やがてゆっくり離れていった。おもむろにまぶたを開いた先には、この上ないくらい幸せそうに微笑むアレクシス様の顔が。

「リーゼ、愛している」

「……さ、さっきも聞きました……」

「何度でも言いたいんだ。……君が好きだということを、言葉で、態度で、俺の全身で、表したいから」

こつ、と額同士がぶつかり、緑色の目が至近距離で私を射貫いてくる。

そんなことを言われたら……。

「……私も、好きです。……ずっと、あなただけを愛しています」

「リーゼ……！」

「……もう一回、してくれませんか？」

「……一度と言わず、何度でも。君が望む限り」

緑色の目が弧を描き、「目を伏せてくれ」としっとりした声で囁かれた後に、再び私の唇が奪われた。

私は、あなたと一緒に歩きたい。

たとえ、この先に何があったとしても。

やり直し辺境伯夫人の幸福な誤算／完

番外編　結実する想い

聖歴六七六年の、初夏。重苦しい曇天の下で、ゲルタ王国リーデルシュタイン辺境伯夫人であるリーゼの葬儀が執り行われた。

お腹に子を宿していた二十歳のうら若い夫人の死について、王家や貴族、領民たちには、「不慮の事故により亡くなった」と説明している。それを聞いた皆は、なんと不幸なことだ、おいたわしいことだ、辺境伯もさぞ傷心のことだろう、と弔意の言葉を贈ってくれた。

だが辺境伯城に仕える者たちは、その死の真相を知っていた。辺境伯夫人リーゼ・フェルマーは、夫であるアレクシスに斬殺されたのであることを。

リーゼの死後、あるメイドが女主人の部屋の片付けをしていた。彼女は辺境伯夫人付メイドの一人で、夫から愛されず乱暴に扱われる主人をいつも見ていた。

無理矢理抱かれてぼろぼろになるリーゼを助けたいが、あの恐ろしい辺境伯に立ち向かう勇気はない。たとえ立ち向かったとしても勝てる見込みはなく、それが分かっているからかリーゼも、「気にしないで」と強気に微笑んで言っていたものだ。

メイドは、腹立たしかった。アレクシスが荒れてしまった原因は、彼女も知っている。

それでも、リーゼに優しくしてやってほしかった。愛することはできなくても、傷つけないでほしかった。人前では気丈に微笑んでいたリーゼを、痛めつけないでほしかった。

「リーゼ様、どうして……」

ぎゅっと拳を固めた彼女は涙が零れそうになった目元を拭い、着る者のいなくなった衣類を入れた籠を抱える。そうして廊下に出たが、そこは不気味なほど静まりかえっていた。

元々鬱々とした雰囲気の城だったが、リーゼと共にこの城の活気も死んだようだ。すれ違う人々の表情は暗く、そもそもリーゼの葬儀を最後に職を辞した使用人たちも多かったので、城には人気がない。今この状態の城に盗賊が攻め込めば、一瞬で制圧されそうだ。

「あの、そちらのメイドさん！」

籠を裏庭に置いたところで、声をかけられた。近くに他のメイドがいないので自分のことかと振り返ると、城の裏門付近に馬車が停まっていた。その脇に行商人らしい中年男性の姿があったため、彼女はそちらに向かう。

「行商人の方ですか。申し訳ございませんが、現在本城では関係者以外の方のお取り次ぎをしておらず……」

「ああ、聞きましたよ。辺境伯閣下の奥方が亡くなったとか。お悔やみ申し上げます」

行商人はそう言って、帽子を取ってお辞儀をした。彼も、城の現状について理解しているようだ。

「今日は商売ではなくて、ご注文の商品のお届けに参りました」

「注文……？」

「はい。……服喪中ではありますが、注文の品は届けなければなりませんので」

そう言って、行商人は馬車の荷台から小さな木箱を取り出した。誰が何を注文したのだろうか、と訝しんでいたメイドは、差し出された伝票を見て息を呑んだ。

「アレクシス様のご注文……？」

「はい。生ものですので、中身の確認をお願いします」

確かに、生ものであればこの場で鮮度を確認する必要がある。それにあの精神錯乱状態のアレクシスが注文する「生もの」とは何なのか、とても気になる。

メイドはどきどきしながら、箱の蓋を開いた。そうして中に入っていたものを見てつい口元を手で覆ってしまったため、行商人がぎょっとした。

「ど、どうかなさいましたか？　腐っていましたか？」

「……いえ、大丈夫です。ありがとうございます」

メイドはなんとかそう言って受け取りサインをして、箱を預かった。

箱を抱えて城の中を歩きながら、メイドはくしゃっと顔をゆがめて笑う。

「なんて……なんて不器用な方なのかしら」

アレクシスが注文した、「生もの」。それは、真っ赤な果物――ペラルタベリーと呼ばれるものだった。南国で栽培されるそれは冬にゲルタ王国の市場に出回るので、今のような暑い時期だと入手するのは非常に困難だし、単価もかなり高い。

メイドは、知っている。アレクシスはそこまで、ペラルタベリーが好きではない。これを好きなのは……リーゼなのだということを。

リーゼのことなんてどうでもいい、なんて素振りを見せながら。妊娠なんて興味がない、なんて顔をしながら。彼は季節外れにもかかわらず、妻の大好物を買っていたのだ。

それはきっと、アレクシスからリーゼへの愛情の表れだ。

だが――届くのが、遅かった。

「リーゼ様、リーゼ様……！」

メイドは廊下に座り込んで、箱を抱えた格好のまま嗚咽する。

この赤い実も、実に込められたアレクシスの気持ちも――もう、届かないのだ。

✦

「見て見て！　リーゼ様、あんなに真っ赤になっていらっしゃって……！」

「本当に、いつ見ても仲睦まじいお二人よね」

そんな同僚たちの会話が聞こえてきたため、メイドは足を止めた。彼女らが視線を向ける先にあるのは、辺境伯城の庭。複数ある庭の中でも緑が多くてすがすがしい雰囲気に満ちた、夏の庭と呼ばれる場所だ。

どうやら今日もアレクシスとリーゼは仕事の後で、婚約者同士の時間を満喫しているようだ。

「そちらに、アレクシス様とリーゼ様がいらっしゃるのね」

メイドが会話の中に入ると、同僚たちは「そうなの！」と興奮気味に言った。

「アレクシス様がリーゼ様のために、ペラルタベリーを購入されたのよ」

「なるほど。それでああやって、二人でいちゃいちゃしながら召し上がっていると」

「食べさせあいっこまでして！」

「いいわねー。見ているだけで、幸せな気分になっちゃう！」

「本当にね」

メイドも同意して目を細め、ガゼボの下で赤い実を食べながら睦む未来の辺境伯夫妻の姿を見ていた。


聖歴六七四年、晩秋。

柔らかな日差しが心地いい日のことだった。

あとがき

『やり直し辺境伯夫人の幸福な誤算』を手に取ってくださった皆様、ありがとうございます。作者の瀬尾優梨です。

本作品は『小説家になろう』に投稿しており、第十回ネット小説大賞にて小説賞を受賞しました。書籍化するにあたり、一度目の人生でリーゼが送った結婚生活と婚約した後のエピソードを追加しました。甘さとほの暗さがいい塩梅で同居するお話にすることができたかと思っております。

一度目の人生が辛かった分、リーゼとアレクシスにはうんと幸せになってほしいと思いつつも、そんな二人に試練を与えたくなってしまいます。嫌な作者ですねー。

最後に、謝辞を。

イラストを担当してくださった駒田ハチ様、素敵なリーゼたちをありがとうございます。アレクシスの胸囲にこだわるやかましい作者の要望を叶えてくださり、本当に感謝です……！

そして担当様を始めとする書籍化に携わってくださった全ての方、読者の皆様に、心からお礼申し上げます。また、お会いできることを願って。

瀬尾優梨

MAG Garden NOVELS

やり直し辺境伯夫人の幸福な誤算

発行日　2024年6月25日 初版発行

著者 瀬尾優梨　イラスト 駒田ハチ

発行人　保坂嘉弘
発行所　株式会社マッグガーデン
〒102-8019 東京都千代田区五番町6-2
ホーマットホライゾンビル5F
編集 TEL：03-3515-3872　FAX：03-3262-5557
営業 TEL：03-3515-3871　FAX：03-3262-3436
印刷所　株式会社広済堂ネクスト
装　幀　早坂英莉＋ベイブリッジ・スタジオ、矢部政人

本書は、「小説家になろう」（https://syosetu.com/）作品に、加筆と修正を入れて書籍化したものです。

ISBN978-4-8000-1261-6 C0093　Printed in Japan

著者へのファンレター・感想等は〒102-8019（株）マッグガーデン気付
「瀬尾優梨先生」係、「駒田ハチ先生」係までお送りください。

MAG Garden NOVELS